JAMES BOND
007典藏精选集
第七情报员

[英]伊恩·弗莱明　著

王玥　译

北京联合出版公司

007 目录

CONTENTS 第七情报员

1

 第一章
杀机顿起

已是傍晚时分了，夕阳快要落山了，在天边映出一道金色的余晖。黄昏投下的紫罗兰色的阴影，如同海浪一般在里奇蒙路上绵延起伏。之前潜伏在花园里一动不动的蟋蟀和青蛙们，现在也开始齐声鸣唱起来，对黑夜的降临致以热烈的欢迎。

每天的这个时候，这条仅半英里长、被金斯敦当地人称作"富豪之路"的里奇蒙路上就显得非常幽静。宽阔的街道上空空荡荡的，几乎没什么行人。空气中弥漫着阵阵醉人的花香。半小时后，住在那些高大豪华的公寓里的富翁们就回家来了，随即这条路就会变得车水马龙，热闹起来。

在牙买加，里奇蒙路远近闻名，这里既是牙买加的公园街，也是金斯敦的皇家花园。牙买加的很多有头有脸的人物就住在路旁那些高大而古老的建筑里。每幢房子的四周都有一大片草地，足有几英亩，那里栽满了名贵的树林和珍奇的花卉。对于住在这里的人来说，这条宽敞笔直的大道无疑是他们忙碌了一天后的一片清静绿洲。大道的尽头向左拐，是金斯敦的王宫区，牙买加总督和他的家人就住在那里。

在这群富丽堂皇的建筑东侧，有一座二层的小楼，每一层的外廊都是乳白色的。楼前有一条小路，直通向草地上的网球场，网球场上每天都有人洒水。这里就是金斯敦有名的社交场所——皇后俱乐部。

当然，在现代的牙买加，永久清静凉爽的地方是不可求的了。即便是皇后俱乐部，说不定哪天玻璃都会被砸得稀烂，整个建筑被烧成一片废墟。但是就目前而言，俱乐部还算得上是一片乐土，不仅经营有方，而且整个加勒比海地区最出色的食品和甜酒只有在这里才有得卖。

有一段时间，几乎每天晚上俱乐部外面都会停着四辆高级小轿车。车主全部是牙买加的上流社会名流，专程驱车到这里打桥牌，从下午五点开始，一直打到午夜。这四位有身份的大人物是：加勒比防务司令、金斯敦刑事法庭的著名律师、金斯敦大学的数学教授，以及名义上为加勒比防务军分区指挥官，但真实身份却是英国情报部门在当地的负责人约翰·史特兰格。

六点十五分，渐渐热闹起来的里奇蒙路的街头出现了三个衣衫褴褛的盲人乞丐，他们佝偻着身子，这样就使得他们原本非常伟岸的身材显得并不那么引人注目。他们前后尾随着，走在最前面的乞丐戴着一副墨镜，左手挂着根棍子，棍子上面挂着一个铝碗。他好像还能看清一点儿东西，其余两个则完全是双眼紧闭，依次把右手搭在前面一个人的肩上。他们三人都没有开口说话，看上去像是在小心地用手中的白木棍探路，路面上发出"笃笃"的声响。

本来，金斯敦的街头上出现三个瞎子乞丐并也什么可值得大惊小怪的，因为这一带常有一些身患残疾的人在街头游荡，只不过他们很少在里奇蒙路这条豪华而宁静的街道上出现。然而不该出现的人现在却出现了，而且令人诧异的是，他们都是黄种人和黑人的混血儿，这样的混血现象本身就非同寻常。不过，并没有人去干涉他们。人们任凭那三个瞎子乞丐慢慢地摸到了门前停了四辆汽车的俱乐部桥牌间里，四辆豪华车的主人玩得兴致正浓。史特兰格正敏捷地发着牌。"一百镑支票，"他说道，"再加九十镑零头！"然后他看了看表，站起身来说："对不起，我有事得出去一会儿，二十分钟以后回来。比尔，你去要点酒来，我付账。不过可不要趁我不在的时候偷看我的牌，那些牌我可都是做了记号的。"

这个叫比尔的，是一位陆军准将，他歪着脑袋坐在椅子里，打趣地对史特兰格说："快点回来，你这家伙，总是在关键时刻扫大家的兴。"说着，他按响了身边的电铃，然后伸手把牌全部揽到跟前。

史特兰格快步走了出去，剩下的三个人都懒洋洋地靠在椅背上。这时，服务员走过来，轻声询问他们要喝些什么。他们都各自点了自己喜爱的饮料，还为史特兰格要了一杯威士忌和一杯水。

他们对于史特兰格这样让人扫兴地突然中断牌局，已经见惯不惊了，他们还知道，六点一刻一到，史特兰格就会离席而去。他本人从不解释他去何处，去干什么。对此他们也从不过问。

二十分钟过去了，史特兰格还是没有回来，似乎这次他们要等待的时间将会更漫长一些。难怪刚才他那么大方地请客。饮料送上来了，剩下的三个人只好喝着饮料一边聊天，一边等待。

他们怎么也不会想到，这一段时间对于史特兰格来说是一天中最重要的时刻，他必须在规定的时间用电台向伦敦情报局总部报告。在正常的情况下，联络的时间是当地时间六点半。如果发生了意外情况，例如突然患病或离开本地，他必须在事前和事后及时向总部报告。如果六点半他未能联络上，那么七点整他就改用"蓝色"呼叫，七点半则改用"红色"呼叫。如果在这几个时间里总部一直没有接到他的信号，就表明他这里发生了意外，这时设在伦敦总部的第三处就会马上查明原因，然后立刻采取行动。

　　不过，史特兰格一直进行得很顺利，至少到目前为止，因此，"蓝色"和"红色"的呼叫信号还从来没使用过呢！每天下午六点一刻，他从皇后俱乐部出发，开车前往蓝山。不一会儿，他进入蓝山，把车停在一座外表看上去十分普通的平房前，下车，回过头仔细观察，看看是否有可疑人物跟踪到这里。六点二十五分，他穿过大厅，打开办公室后门上的锁，进门后从里面锁上。除了史特兰格以外，房子里还有一位年轻的姑娘，名叫玛丽·特鲁布拉。她曾是史特兰格的秘书，因为工作出色，现在已成为这个情报站仅次于史特兰格的第二号人物。每次史特兰格来到这里的时候，总是看见她头戴耳机，端坐在电台前，白皙而丰满的大腿上放着一台微型打字机。她把电台调到14兆赫的频率，然后不停地向总部呼叫。史特兰格进来之后，就立即坐在她身旁，戴上另一只耳机开始工作。这个时候是六点二十八分。这种固定不变的状态，他从来没有打破过。一直以来他都严格按照铁一般的规律安排自己的日程，从未想到这种近乎僵死的规律后面往往潜伏着巨大的危机。

　　从外表上看，史特兰格给人的印象很不错。他身材颀长，右眼上面长着一颗黑痣，走起路来轻快有力、稳健洒脱。这时他已从皇后俱乐部的侧门穿出来，跳下台阶，来到走廊上。徐徐的晚风迎面拂来，让他的心情非常愉快，想起许多美好的往事。他四下仔细地打量了一下，没有发现什么异常，于是三步并作两步地跨上了里奇蒙路。他耸耸肩，不为人觉察地笑了笑，脚步不由自主地加快了。

　　突然，他看见三个盲人乞丐正沿着人行道慢慢地向他靠来，大概离他还有二十码远。他估计，他走到那些汽车跟前的时候，可能刚好撞上这几个瞎子。果不其然，他顺手掏出一枚硬币投进乞丐的碗里。"咦，他们怎么全是混血儿？"史特兰格在心中嘀咕着，"这可真是奇怪！"

　　"谢谢您，先生，"领头的那个乞丐说道，"愿上帝保佑您。"其余两个也随声附和"愿上帝保佑您"！

　　史特兰格没有理会他们，掏出车钥匙，弯腰准备开门。他隐约感到有点不对劲，背后感到一股寒意，正要回头，三个乞丐突然猛扑上来，没等他有所反应，三根拐杖便狠狠打向他的头部。他哼都没哼一声，就慢慢地瘫倒在地上。三个乞丐看着他，他们从头到尾一言未发。

　　过了两分钟，从东边飞驰过来一辆破旧的卡车，车上堆了一些乱七八糟的东西。三个乞丐立即把史特兰格塞进车厢，然后猫腰钻进去，"砰"的一声关上车门。上车后，他们随即从车厢里抓起一件早已准备好的黑色大衣，往身上一套，同时在头上扣上一顶黑色的高筒呢帽。那些讨饭用的家什早已被弃置一边。

开卡车的司机也是一个混血黑人。他漫不经心地从座位上回过头来，看了一眼。

"快，开车，你这家伙，快！"领头的那个家伙一边恶狠狠地喊着，一边看了看表，六点二十分，整个行动过程仅仅花了五分钟，就将史特兰格解决掉了，干净利落至极。

卡车向着蓝山飞驰而去，时速约三十英里，车身在崎岖的弯路上颠簸得很厉害。

"WXN 呼叫……WWW，请回答，WXN 呼叫……"

玛丽·特鲁布拉正在与总部联络。她右手扶着插头，想让声音更清楚稳定。表上的指针已指向六点二十八分，如果是往常，史特兰格一分钟以前就该到了。特鲁布拉小姐相信，他一定是路上耽搁了，现在肯定是在来的路上，或许再过几分钟，就会听见他开门的声音，然后他会坐在自己身旁，一边拿起耳机，一边温柔地说："噢，玛丽，实在抱歉，我那可怜的宝贝车又抛锚了。"再不就说："嘿，这些警察真该死！又在半路上给我找麻烦。"特鲁布拉不由自主地摘下耳机，望着窗外。

不一会儿，特鲁布拉再次呼叫："WXN 呼叫……WWW 请回答……"

一分钟又过去了，史特兰格还是没有到，她有种不祥的预感，隐隐地觉得事情有点不妙了，心里惴惴不安，脑子里迅速地想着如何应付这个突发事件。难道破坏电台？烧毁文件？还是……她站起身来，感到事情越来越严重，浑身紧张得抖了起来。"不，不！一定要镇静，他会来的。至少我要等到伦敦方面的指示。"她掏出手绢来揩指头上的汗水，再一看表，六点三十分。

大厅里传来了脚步声。"噢，上帝保佑！他终于来了。"她高兴地在胸前画了个十字。这下可以放心了，用不了几秒钟，史特兰格就会来到她的身旁。

这时伦敦总部也联络上了。耳机里传来总部的呼叫："WWW 呼叫，WXN，你听见了吗？请回答。"

大厅里的脚步声已经在门口响起了。特鲁布拉现在没有什么疑问了，她平静地向伦敦回话："听见了，声音很清楚，听见了，你的……哎哟！"

她的脚上被什么东西重重地砸了一下，疼得她大叫一声。她往脚下一看，原来是那把挂在门上的铁锁。她慌忙回过头，天啊，站在门口的根本不是史特兰格，而是一个身材高大的黑人，黑中带黄的脸上，一双眼睛令人恐惧地斜歪着，手里举着一把手枪，黑洞洞的枪口正对准她。

"啊！"她吓得尖叫一声，还未能做出其他反应，"砰、砰、砰"，她的胸口已连遭了三枪。

她在椅子旁边倒了下去，耳机从她的头上滑落下来，掉在地板上，伦敦总部的呼叫还不断地从耳机里传来："WXN，请回答……"呼叫声越来越低弱，终于什么也听不见了。房间里没有了其他声音，只有特鲁布拉小姐胸口上的伤口偶尔喷出的气泡声。

凶手走出门外，拎了一只箱子进来，箱子外面写着"烈性炸药"。他把箱子放在地板上，取出两个很大的钱包，把钱包里的钱都撒在特鲁布拉的尸体上。然后，他打开保险柜，取出密件。最后，他把炸药箱放到桌子下面，从容地将导火索拉到客厅里。一切都弄妥当之后，他便小心翼翼地点燃了导火索，然后快步走出屋子，穿过马路，钻进了那辆装着史特兰格尸体的卡车。卡车随即起动，向莫纳水库方向疾驶而去。

　　两分钟后，一声巨响和一股浓烟彻底摧毁了英国情报局设在牙买加的加勒比情报站。

第二章
换 枪 风 波

三星期后，伦敦。

此时是三月，是一年中伦敦天气最糟糕的时候，每天都是弥漫的大雾、来自大西洋的八级大风、劈头盖脸的冰雹以及没完没了的雨水。上班的人们步履沉重，一步一步地在异常滑溜的人行道上向前挪动，他们的脸上也和天气一样，愁云满布。

几乎每个人都觉得这样的日子简直是倒霉透顶，甚至连 M 也不能例外，尽管他从来不承认发生的事情与坏天气之间会有任何联系。当他那辆老式的"黑色幽灵"轿车停在摄政公园门口时，冰雹正下得一阵紧似一阵。M 拉起衣领，把脖子全部遮住，然后左躲右闪，快步跑到汽车另一侧，对司机说道："史密斯，我今天不需要用车了，你把车开回去吧！晚上我乘地铁回家。顺便说一声，警卫车也不必来了。"

"好的，先生。"司机答应道。他看着 M 转过身去，踏着泥泞的路面，头顶着冰雹，迈着健步向情报局大楼走去。史密斯喜欢从背后观察别人走路的样子。他就像一个好奇的大孩子，兴趣盎然地一直目送着 M 的背影消失在大楼里，才慢慢开车离去。

M先生乘电梯上了八楼，然后穿过一道长长的走廊，来到自己的办公室。他关上房门，把脱下来的大衣和帽子挂在衣架上，然后用一条蓝色的手绢仔细地将脸上的水擦干净。表面上看他似乎是在专心致志地处理身上的卫生，但实际上他正在思考着，思考着一项重要的事情。他缓缓踱到他那张宽大的办公桌前坐下，伸手打开对讲电话。

"是我，莫尼彭尼小姐，请对一下暗号。好，听着，你放下手上的工作，马上和詹姆斯·莫洛尼取得联络。他可能在圣·玛丽教堂。你告诉他，半小时之内我要见到007。顺便把史特兰格的档案材料带来。"

对讲电话里传来"是，先生"的回答，M关上了开关。

M来到办公桌前，坐了下来。他掏出心爱的烟斗，然后缓缓地往烟斗里填着烟丝，脸上一副忧心忡忡的样子。秘书把他要的档案材料送了进来，可他却一言未发，甚至连看都没看她一眼。他一直凝视着窗外，烟斗在他手上倒来倒去。

桌上有四部电话。这时，专用电话上的黄灯亮了。M拿起黑色电话的听筒："是莫洛尼吗？你来这儿五分钟，行吗？"

"六分钟都行，"这位博学幽默的神经病学家在电话里答道，"你是不是又要邀请我共进午餐呀？"

"哦，今天可不行！"M忙说，"我想和你谈一些事情。我手下的那个人，就是你一直负责治疗的那个人，我听说你昨天就已经允许他出院了。他已经康复了吗？我的意思是能执行任务了吗？"

电话里一阵很长时间的沉默。过了好一会儿，听筒里才传来莫洛尼的声音："是的，从生理上讲，他已经完全康复，腿上的伤口已愈合，也没有留下什么后遗症。不过值得注意的是，先生，他神经仍然高度紧张。你心里肯定也清楚，你给你的手下人加的负担有多重。你最好让他先完成一件轻松点的任务。你说过，这些年来他受的罪可不少啊！"

"这我清楚，不过他所得到的补偿也是不少的。这样说来，他已经完全康复了。"

"是这样的。不过你这次又准备派他去哪儿呢？"

"牙买加，我准备让他去休假一个星期。放心好了，我不会亏待他的。这对他来说，是一件非常轻松愉快的事。"M说完，开心地笑了。

莫洛尼笑道："这样说来，他又得将脑袋挂在裤腰带上了。"他顿了一下，忽然话锋一转："M先生，有一种新药品你听说过吗？"

"什么药品？"M显得很感兴趣。

"麻痹液。"莫洛尼清晰地说道，"其原料是从北海道的一种鱼的精子里提炼出来的。据说日本人发明了此项技术，并且在第二次世界大战时使用过这种药品。后来听说俄国人也掌握了这项技术。只要将这种药品注入人的皮下组织里，一分钟内就能使人全身麻痹。"

"太好了，这简直是医学奇迹！"M非常兴奋，说了声"再见"，然后挂上了电话。

M面前放着两样东西，一个是那只一直没有点燃的烟斗，另外就是一本红色的案卷，封皮上写着"加勒比情报站"几个大字，下面是两个人的名字：史特兰格和特鲁布拉。他看着档案袋，表情庄重严肃。

对讲电话的绿灯亮了，M按下开关说："是我，请讲！"

"007来了，M。"

"让他进来。另外，叫阿穆尔五分钟后来见我。"

M说完，拿起烟斗点燃，然后坐到躺椅中，身子向后靠去。他深深地吸了一口烟，仰起头，让轻烟徐徐飘向半空，但他的眼睛却始终死死地盯着房门。

门开了。詹姆斯·邦德走了进来。他先转身轻轻地将门关上，然后一直走到M的办公桌旁，还没等到主人吩咐，便自己坐下了。

"早上好，007。"

"你好，先生。"

接下来是长时间的沉寂。M把烟斗不停地在嘴边颠来倒去，偶尔发出轻微的响声。邦德则默默地注视着自己的上司。

烟斗在M的嘴角绕了一圈又一圈。良久，他终于深深地吸了一口，然后将烟雾徐徐地喷出去。他们两人之间立刻弥漫了一片白色的烟雾。当烟雾就要散尽的时候，邦德发现正对着自己的是一双深邃的眼睛，目光明亮而犀利，似乎是要洞穿人的心灵最深处。对于邦德来说，要直面这样的目光本身就是一种考验，无论胆量、勇气还是智慧，成功还是失败，在这道目光下都会暴露无遗，显示得淋漓尽致。尽管如此，邦德依然纹丝不动，脸上仍然是刚开始进来时的那副神态，但他的心中如明镜一般，他知道，一定是有重要的事情发生了。

M将火柴放到红色的桌面上，他仍躺到躺椅里，但是脑袋微微抬起，两只手交叉起来枕在脑后。

"007，怎么样？近来感觉还好吗？想不想再回到我这儿来？"

"不错，先生。我很愿意回来。"

"自从上次那件事之后，你是否有什么想法？或许你是吃了点皮肉之苦。我已经派人就此事对你进行了调查，想必你应该也知道。你的档案材料已经在参谋长那儿了，不过在此之前我还是想先听听你的想法。"

M的表情严肃，语气生硬冷淡，官腔十足，一副公事公办的派头。

邦德可不吃他这一套。"不，我无话可说。对于我来说，那件事情只不过就像晚饭吃得倒胃口一样。要怪只能怪我自己，都怪我自己不小心，没有提防，让那该死的女人靠近了我，要不然哪会有这档子事呢？我只是感到遗憾。"

"的确是这样！"M从躺椅里坐了起来，双手从脑后拿了下来，按在桌子上，看着邦德，温和地说，"你太麻痹了，所以才会引火烧身。如果不是我早有准备，说不定你连枪都弄丢了。你说，你现在回想起来是不是还有点后怕？"

邦德的眼神突然变得倔强起来，他死死地盯着M沉默不语，过了好一会儿，他才慢慢开口，回答道："不，先生，对此我从未后悔过，也未曾感到一点儿后怕。"

"哦？是吗？不管怎样，我们还是打算给你换一支枪，要知道我们这可是为你着想。我的意思你能明白吗？"

"是的，先生，这个我当然明白！"邦德口气仍然很固执，"不过，现在的这支枪，我用得非常习惯，也非常喜欢它。再说了，遇到紧急情况时，对于我来说，哪种枪都无所谓。"

"我不是非常同意你的说法，但是我们对此也没必要进行争论。

当务之急是要考虑给你换一支什么样的枪？"M俯身拿起听筒，接通电话，"阿穆尔来了吗？让他进来。"

M双手从桌子上抬了起来，扶着自己的腰，直了直身子，继续说道："007，你可能还不知道吧！阿穆尔·布思罗伊德少校是整个世界最为出色的轻武器制造专家。你不要用怀疑的眼神看我，对于这一观点，我相信要不了多久你就会认同的。"

这个时候门开了，走进来一个五短身材，显得异常精瘦干练却满头乱糟糟短发的男人，他一直走到邦德的身旁。邦德抬起头，上下打量着这个陌生的男人，感觉他的面容很陌生，但是那双透着光芒的灰色眼睛却似乎在哪里见到过。那个人漫不经心地扫了邦德一眼，然后转向M，用沙哑并且极其冷漠的语调说道："早上好，先生。"

"早上好，阿穆尔，"M笑容可掬，态度显得非常随和，"有几个问题我想打听一下。首先，你是如何看待2.5mm贝蕾达手枪的，这种枪的性能怎么样？"

"不过是女人用的枪而已，先生。"

M朝邦德扬了一下眉毛，似乎是在说怎么样。邦德笑了笑，不置可否。

"嗯。还有别的什么建议吗？"M接着问。

"杀伤力太小，但轻巧方便，造型美观。要是想知道更详细的一些情况，请去问那些女士们。"

"是无声手枪吗？"

"不是。我不喜欢无声手枪，体积过于庞大，且非常笨重，携带麻烦，总之有着太多的缺点。当然，名种武器性能不同，但这种杀伤力太小的小手枪，我还是建议不要使用。"

"你是怎么看的呢，007？"

邦德耸了耸肩膀："我的看法可不是这样的。十五年来，这种2.5mm贝蕾达手枪一直没有离开我的身边，我用得非常得心应手，从未有任何差错出现。当然，在一些不得已的情况下，4.5mm的大口径手枪我也会用。只要不是执行什么特殊的秘密任务，我还是更倾向于使用贝蕾达。"说着，他朝身旁的阿穆尔努了一下嘴："至于无声手枪，我的观点和你是一样的，不感兴趣，不过在必要的时候却不得不用它。"

"你这样固执，以后非吃苦头不可！"M大声说道，"不就是给你换支枪嘛！慢慢地你会习惯的。"他皱起眉头，用不容置疑的语气坚定地说。"就这样决定了。对不起，007，请你站起来，让阿穆尔替你检查一下身体。"

邦德没好气地站起来，面对阿穆尔，满脸的不情愿，阿穆尔的目光也没有太多热情。

阿穆尔绕着邦德转了一圈，说了声"请原谅"便伸手按在他的肩膀上，又捏了捏他的手臂，随后停下来，说："把你的枪拿出来好吗？"

邦德从衣袋里慢慢掏出那支贝蕾达。阿穆尔接过去仔细检查了一番，又在手中掂了掂，然后把枪放到桌子上："枪套呢？"

邦德对他翻了个白眼，脱下外套，将套在肩上的皮枪套往桌子上一扔，然后重新穿好衣服。

阿穆尔把枪装好，转身对M说道："我想我们应该给他换一支更好的。"他的声音很低沉，可邦德却觉得听着很不顺耳。他真想将心中的不快发泄出来，但最终还是忍住了，重新坐到椅子上，索性抬头对天花板看去，对 M 和阿穆尔视而不见。

"好吧，阿穆尔，说说你的看法。"

"这个问题很简单，"阿穆尔侃侃而谈，像个行家一样，"几乎所有手枪的有效射程都在二十五码左右。相比较而言，我认为，沃瑟 PPK 型 7.65mm 手枪应当是最佳选择，其次是日本的 M-38 型。对 007 来说，哪一种都不在话下。"

"你是如何看的呢？"M 向邦德问道。

"我没什么意见！"邦德说道，"既然说大的总比小的强，阿穆尔说用哪一种就用哪一种吧！"

"好极了！"阿穆尔大声说道，"你就使用沃瑟 PPK 型吧！命中率高，射程远，携带也算很方便。"

"很好，"M 说道，"那就这样决定了。我非常相信你的眼光。去拿一把沃瑟 PPK 吧，让 007 试试。非常感谢，布思罗伊德少校，你干得非常棒！""谢谢，先生。"阿穆尔说完，转身走出房间。

他们再次陷入了沉默。M 靠在椅子里，两眼出神地望着窗外，似乎忘记了邦德的存在。

邦德抬手看了看表，十点了。他的目光落到桌子上的那支枪上面，心头涌起一股莫可名状的情绪。是啊，这支枪跟随他已有十五年了。十五年来，他带着这支枪走南闯北，周游世界，出生入死，用它击毙了多少歹徒，又无数次靠着它死里逃生，而今天就要与它分别了，邦德心中真的非常舍不得，他不由得长叹了一口气。

　　邦德的叹息声把M的思绪拉了回来。他满怀歉意地说："你的心情，我能够理解，詹姆斯。但有的时候就是这样，你不得不忍痛割爱，因为我不想看到你在这次任务中，因为这把手枪而出现什么麻烦。如果敌人摸清楚了你每次都是带着同一支枪，那情况可就不妙了。你明白我的意思了吗？我相信，你比谁都清楚一支好枪对于干我们这一行的重要程度。它甚至远胜过你的一只手或是一条腿，你说是不是这个道理？"

　　邦德笑了："我完全明白，先生，你无须再做解释，我想我很快就会习惯的。"

　　"那就好。眼前还有件大事等着我们去解决呢！事情是这样的，我想让你去牙买加执行一项任务。牙买加可是个不错的地方，阳光明媚，空气清新，你到那里去执行任务就如同度假一样，还可趁此机会来试试你的新枪。怎么样，有兴趣吗？"

　　直到此时邦德心中才恍然大悟，原来是这样。他说："先生，我当然非常有兴趣，可是……可是……你真放心我去吗？你觉得我能胜任吗？"

　　"当然，"M说，"我完全放心你。"

第三章
端 倪 初 显

　　糟糕的天气使得屋内一片昏暗。M拧亮那盏绿色的台灯，红色的桌面反射着灯光，屋子中央蒙上一道黄色的光晕。M随后取出一叠档案，拿给邦德看。

　　邦德还是头一次见到这份材料，所以他几乎记住了所有的细节。"史特兰格到底出了什么事情？"他暗想，"那个特鲁布拉又是谁呢？"

　　M按一下桌子上对讲电话的按钮："请参谋长来一下。"然后他对邦德说："让参谋长来给你说说具体的情况。"

　　一位陆军上校走了进来。他与邦德年纪差不多，但看上去却苍老很多。成天冥思苦想让他长出了满脸皱纹，头发也灰白了。在整个情报局里，邦德和他的关系最好。二人相视一笑，算是打了招呼。

　　"请坐吧，参谋长。我已决定让007去处理史特兰格这件事，因为我觉得只有他能够胜任。我想一周之内就让他出发。出发之前，我想听听你有什么看法。另外，有关殖民局和总督方面的情况也给他介绍一下。"说完，M转向邦德，"这个史特兰格你肯定是认识的，你们曾在一起工作了五年，你对他的印象如何呢？"

　　"人很不错，身体也很强壮。我们在热带地区曾一起待过五年，应该说已是很了解他了。我看他现在说不定都已经脱险了。"

"那么，会不会是那个女孩，那个玛丽·特鲁布拉，出了什么事？"M接着问道。

"我想不大可能吧，先生。"

"我也是这么看的。从档案看，她是个非常出色的情报人员。那么，会不会有可能是女色害了史特兰格呢？"

"这倒不好说，"邦德不愿在这个时候说史特兰格的坏话，他思索了一下，问道，"先生，他们到底出了什么事？"

"这我们还真的没搞清楚，"M说道，"三个星期前的一个晚上，他们突然无声无息地失踪了。那天，史特兰格任何信号也没发过来，特鲁布拉也只是说了一句话，然后信号就中断了。他们身上都带有牙买加和南美的双重护照，如果真是遇到了什么危险，完全可以提前转移。可是在这之后的几天内，全世界所有的机场我们都调查过了，都没有发现他们。参谋长，是这样吗？"

"是的，先生，"参谋长继续说，"一想起最后一次联络总让我觉得很疑惑。"他把头转向邦德，看着他说："就像你所知道的那样，每天，他们都会在牙买加当地时间下午六点，给总部发电报联络。那天总部接收到了那女孩回答的呼叫信号，但是我们只说了一句话，信号就断了。随后扬声器里传来了声音，好像是枪声和叫声。此后，总部再也没有接收到他们用'蓝色'和'红色'发出的呼叫信号。"

"第二天一大早，总部收到一封来自华盛顿情报站的报告单，史特兰格和特鲁布拉小姐一起失踪了。他们曾派人做过调查，但是却没有任何结果。与此同时，当地警察也总是来纠缠我们，结果也是两手空空。"参谋长停顿了一会儿，身体转向 M 说，"据华盛顿情报站的汇报，事前史特兰格正在玩牌，兴致很高，没有一点儿要出事的兆头。之后还跟一起玩牌的三个朋友喝酒，六点十五分的时候，他说有事要出去一会儿，可是他这一出去就再也没有回来。如果发生了什么事，也只可能在这一段时间里。"

M 说话声音嘶哑，嗓子好像有些不舒服："我们其中的好多人，总是轻视自己身后存在的危险。其实古巴人早就开始打自己的如意算盘了，他们一直就对那个岛国比较感兴趣，总是想设法把我们轰走。史特兰格太不注意了，结果一时大意就导致了今天这样的结果。要知道那个岛国离伦敦很远，我们根本无法派更多的人过去，所以更应该小心谨慎。"他咳嗽了一下，朝向邦德："007，这件事你有所耳闻吧？谈谈你对这件事情的看法。我们知道的情况也只有这些了。"

邦德摸了摸脸说："您的意思是，史特兰格大概已经被谋杀了，特鲁布拉也可能跟他的结果一样。不过我觉得敌人的目标绝不仅仅是这两个人，还有更大的阴谋在等着我们呢！"

"对，你说的不错，007，"M 点头，很恳切地说，"和我的想法一致。有你这样机智勇敢的战士，我相信这件事终究会真相大白的。"

M 慢悠悠地给烟斗里装满烟叶，然后用打火机点燃，大大地吸了一口，好像在思考什么。这几天，他满脑子都想着这件事。四个星期了，一点儿准确的情况都没有。所以，他计划派邦德到牙买加把这件事情搞清楚。现在他想听一下邦德的看法。他吐出一口烟，眯着眼睛问道："怎么样？"

　　邦德没有立即答复，他还需要再细致地从头到尾考虑这件事情。过了一会儿，他开口说："嗯，请您告诉我，史特兰格遇难之前执行的最后一件任务是什么？给总部的报告里他都说了一些什么？总部曾给他发过什么指示或者命令吗？还有，我还想知道，最近一段时间里那个岛上发生了什么重要的事情。"

　　"那些报告？我们认为它们都是一些一点儿价值都没有的东西，"M伸手拿下烟斗，又朝向参谋长，"你觉得呢？"

　　"对，先生说得没错，"参谋长一本正经地回答，"那些报告几乎没有任何实质的内容。除了关于一个鸟群的报告外。"

　　"是吗？"M呵呵笑着，用调侃的语气说，"是不是有人错把非洲草原的鸟群报告递交到我们这里了？是指六星期之前殖民局那些人递交来的报告？"

　　"对，先生。不过，这跟非洲草原没有一点儿关系。报告上说，有一些美国人成立了一个叫'奥杜本'的团体，他们主要的工作就是保护那些即将灭绝的鸟类。这个团体跟我们驻华盛顿的使馆以及伦敦的殖民局经常有联系，在美国他们也有很大的势力。以前有一段时间，他们控制并破坏了一个导弹发射场，因为他们发现发射场的附近有鸟类繁殖的巢穴，不允许发射导弹。"

　　M很不屑，哼了一声："太荒唐了，这些材料在那边，你们看看吧！"

　　邦德看了M一眼，插话说："奥杜本的团体递交这个报告，到底想让我们干什么？"

　　M站起来，把手中的烟斗放在桌上，去取史特兰格的档案。当他把档案递到参谋长手里的时候，懒洋洋地说："看看这个。这里面有所有的材料。"

邦德凑到参谋长身边，一起看着史特兰格的档案。这时，屋子里静得都能听见彼此呼吸的声音。档案的前两页内容很平淡，翻到第三页的时候，上面有一两个地方用红色的笔做过标记。邦德对这个产生了极大的兴趣。他全神贯注地看着档案，好像忘记了M还坐在桌子后面。

他们用很快的速度把档案看了一遍，参谋长敲了敲桌子说："一月十二号，史特兰格发来了最后的一份报告，在报告里他用了很大篇幅讲一个故事。"参谋长坐到椅子上，看着邦德说："牙买加当地有一种水鸟，叫篦鹭。看，这是它的照片。它的羽毛是粉红色的，嘴巴扁扁的，是鹤鸟的一种，喜欢在沙地里寻找食物。这种鸟在很久以前就开始慢慢地消失了。到第二次世界大战的时候，只有几百只幸存下来，分布在佛罗里达和牙买加一带的岛屿和丛林中。后来听人说，在牙买加和古巴之间的一座珊瑚礁岛上也发现了这种鸟。这座小岛被当地人叫作蟹岛。它原本是英国的殖民地，也在牙买加的管辖范围之内，但是由于岛上常年没有人居住，上面积满了鸟粪，从来没有人去清理过。有将近五十年的时间没有人去那里定居，能够在岛上发现鸟群出没。'奥杜本'的成员曾经在那里建立了一个鸟类保护区，据他们说，那里栖息着至少五千只水鸟。"

"一个行踪诡异的人在战争爆发之后来到这个海岛上，他从牙买加当局那里买下了这座海岛上所有积有鸟粪的区域，说想要将这些鸟粪都收集起来。从一九四三年开始，他招募了很多工人，着手开始了收集鸟粪的工作。在最开始的时候，海岛上的一切都对外界公开，不过后来逐渐封锁起来，到最后就拒绝任何人参观。直到现在，外界只知道有人在岛上采集鸟粪，不过对于岛上的具体情况，谁也不清楚。"

"那么这个神秘的人物究竟是谁？"

"听说是一个混血儿，具体来说是一个亚洲和德国混血儿。就连他的名字都非常有特色，自称'诺博士'。"

"噢？那么有没有关于他的详细资料呢？"

"他通常都待在海岛上，很少离开，就连牙买加的其他地方也不去。没有人知道他与外界是如何联系的。其实通往那座小岛的海上交通早就断绝了。不过，最近在牙买加，人们一听到蟹岛的名字就心惊胆战的。"

"听说在圣诞节前夕，有一个土著人驾着一艘独木舟从蟹岛上逃了出来。他当时浑身是伤，看上去是严重的烧伤，结果没过三天就死了。他在临死前讲述了自己在蟹岛上的痛苦经历。他说有一天晚上，他送两个奥杜本的成员到蟹岛上去。谁知他们刚一上岛，就看见一个巨大的怪物向他们扑来。那个怪物跑得飞快，两只眼睛又大又亮，一边跑还一边发出轰轰的巨声。之后，那个怪物突然喷出一团火焰，将那两个奥杜本的成员当场烧死。这个土人眼疾手快逃进了树丛，这才免于一死，不过他也伤得不轻，后来他在海湾里找到一只独木舟逃了出来。"

M感叹道："看来在那个岛上丧命的还不止一个人哪！"

邦德和参谋长相互苦笑了一下。接着，参谋长说道："听说在那个海岛上还有一个小型的飞机场。如果这种说法是真的，那么这个诺博士一定是通过它和外界取得联系的。此外，那个土著人所说的那个怪物很可能是一种可以喷火的坦克。再者，史特兰格在报告里曾说到，诺博士曾向美国方面订购了一艘小型的巡逻艇。那些奥杜本的成员也说过，他们曾与那艘小型巡逻艇的艇长进行过交谈。据那个艇长说，他只受命于诺博士，负责机场及其附近海域的警戒工作，不过严禁同那些采集鸟粪的工人有任何接触。他还说曾经看见过诺博士那里有一种暗红色的粉末，就装在一个玻璃瓶里面，不过那东西是什么他就不清楚了。对艇长本人，目前所了解的情况很少，只知道他是一个上尉。"

"对于这些情况，牙买加当局和我们英国殖民局都没有给予太多关注，"参谋长一边拿起档案袋，一边说，"看来只有史特兰格对这件事情感兴趣啊！"

M接着说道："007，现在你搞清楚了吧？我想说的是，你一定要特别注意这样几个疑点：首先，他们为什么不敢让那些鸟类保护者到岛上去？并且采集鸟粪能获得多少利益？其次，那个叫诺博士的家伙究竟是怎样将那些工人弄到岛上的，又用了什么迷魂术使得他们待在岛上，并且还能做到严守秘密，死心塌地地为他工作。你要尽快将这些问题查清楚，"说着，他欠了欠身子，"对了，还有其他问题吗？我这里还有其他一些重要事情需要处理呢。"

"噢，但愿我能尽快弄清真相，"邦德苦笑道，"或许能够从那几个为保护鸟类而丧命的鸟类保护者身上找到一些线索。"

"好吧，那你就开始行动吧，"M显得有些疲倦，"祝愿你一切顺利，假期愉快！"

邦德开始收拾整理要带的东西。他不自觉地将那支贝蕾达手枪拿了起来。"噢不，007，"M制止了他，"不需要带两支枪过去。"

邦德看着M的眼睛，心里暗自骂了一句："真是个老狐狸！"接着有些气呼呼地对M说："先生，我只是想跟它来个最后道别而已。"说完转身离开了这里。

第四章
初 来 乍 到

　　一架超级豪华的银白色客机穿过了古巴的上空，向牙买加方向飞去。

　　飞机越过了茂密的丛林，掠过了一座又一座巨大的山峰，飞越了蔚蓝的海洋。夕阳西下的时候，山峦、田野和河流笼罩了一片橙红色。当地的印第安人把这里叫"牙玛卡"，意思是"有山有水的地方"。邦德看着机窗外的景色，这景色像是迷住了他的魂魄一样，使他久久不愿将目光挪开。

　　一层薄薄的暮色笼罩了群山的另外一侧，金斯敦的街道仍然依稀可见。飞机进入了机场，庞大的机身沿着宽阔、平坦的跑道缓缓滑行，最后慢慢地停了下来。舱门打开之后，乘客们井然有序地沿着舷梯走了出来。邦德刚一走出飞机，就觉得有些眩晕，飞机内的冷气与外面的热浪形成了强烈的反差，邦德顿时汗流浃背。休息了片刻之后，他从衣袋中掏出护照，看了看身份一栏。当他看到"进出口商"这几个字时，不禁暗暗觉得可笑。

　　"先生，请问您是哪家公司的？"检查人员问道。

　　"环球贸易公司。"

"那么请问您是来洽谈生意还是来旅游？"

"纯粹只为了旅游。"

"好的，先生，"一个黑人警察说道，然后彬彬有礼地将护照递还给了邦德，"祝您在此过得愉快！"

"谢谢。"

接着，邦德来到了海关大厅。就在这个时候，邦德被一位身材高大的男人挡住了去向。这个男人皮肤呈褐色，身穿蓝色的衬衣和蓝色的卡其布裤子。邦德看着他，突然笑了出来，是的，邦德想起来，他们第一次见面是在五年前，那个时候他也是这身打扮。

"你好，克莱尔！"

克莱尔站在那儿，看着邦德，高兴得连眼睛都眯在了一起。随后，他将右手放在前额，行了一个印第安式的礼之后，大声喊道："你好，头儿！"

邦德点了点头说道："见到你很高兴！请你稍等一下，我要去取行李。"刚走几步，他又问道："对了，车来了吗？"

"来了，头儿。"

一路上，克莱尔都在不停地与海关工作人员打招呼，看来他认识的人还真不少。而工作人员也没有将邦德的箱子打开检查，只是过了一下磅就放行了。接着，克莱尔右手提起邦德的箱子，左手则一把握住了邦德的手。

邦德看着他那双黑黝黝的眼睛，说道："老朋友，你可一点儿也没有变，还是以前的样子！"他笑了笑，又问："对了，海龟的生意做得怎么样了？""还行吧！还是原来的样子，不好也不坏！"说完，克莱尔惊讶地看着邦德，"头儿，你哪里不舒服吗？是不是生病了？"

邦德吃了一惊，他不禁佩服起克莱尔的观察力："是的，曾经生了一场小病，但那已经是很久以前的事了，早就已经好了。怎么了？你觉得哪儿不对劲儿吗？"

克莱尔不好意思地笑了笑。"对不起，头儿，"他赶紧解释道，"没有什么异样，我只是感觉你不如以前那么轻松、潇洒了。"

"原来是这样啊！哈哈，实际上我还是老样子，你不用为这些担心了。"

"好的，头儿。但是，要好好保重自己！"

不知不觉中，他们已经走出了候机大厅来到了停车场。突然"啪"的一声，眼前闪过一道亮光。他们不约而同地向前看去，只见一位漂亮、大方的东方姑娘拿着一架照相机朝他们走来。她一脸迷人的笑容，身上的牙买加女装让她显得更加美丽。"对不起，打扰了！我是格林纳日报的记者。我想问一问，您是不是邦德先生？"

突如其来的状况让邦德措手不及，他紧张起来：看来这是个不祥的预兆！邦德冷静了一会儿，压低嗓音说道："对不起，我现在没有时间，请你离开！另外，比我优秀的人多得是，你完全可以去采访他们，所以请你不要打搅我！"

"那可不一定！邦德先生，我就只对您感兴趣。我很想知道您准备住进哪家宾馆，能告诉我吗？"

邦德气愤极了，在心里骂道："真是让人厌恶的记者！"接着，他随口说道："爱神大厦。"说完，邦德一刻也没有停留，拔腿就走。

这时，只听身后传来一阵悦耳的声音："邦德先生，谢谢您了！

祝您玩得愉快。"

当他们走出一定距离之后,邦德才问克莱尔:"这个女孩你以前见过吗?"

"没有,头儿,从来没有,"克莱尔摇着头说,"但是,格林纳日报有很多摄影女记者,这毋庸置疑!"

听完,邦德不禁再次紧张起来。他在心中祈祷着:拜托!照片绝对不能被配上文字刊登在报纸上!虽然邦德离开这个城市已经五年了,但是,肯定还有很多人记得他。

他们走到一辆黑色"山地阳光"牌汽车旁。邦德低头审视了一下车牌号码,心里纳闷起来:这不是史特兰格的车吗?他旁若无人地问道:"这车是从哪儿弄来的?"

"头儿,这是总督的侍从副官借给我的。正好这辆车现在没有人用,所以我就把它开来了。怎么了,头儿,你不高兴了吗?"

邦德没有回应克莱尔,直接坐进了汽车里,心里充满了疑惑。看来他才刚刚踏进牙买加的土地,就已经成为新闻人物了。邦德不禁苦笑:这究竟是喜还是忧呢?

汽车行驶了很长一段时间之后,进入了金斯敦这条灯红酒绿的街道。街道两边悬挂着五彩斑斓的广告灯、街灯,天上闪烁的繁星与此交相辉映,形成了一幅迷人的画卷。但是,此刻的邦德并无心观赏这一切,他面无表情地注视着前方,心里正默默地盘算着下一步到底应该怎么走?

他决定首先与当地殖民局和总督府取得联系;其次,他一定要将克莱尔留在身边,他能够有效地协助自己,所以邦德准备每月花费十镑从侍从副官那里将他无限期地借调过来。克莱尔是在鳄鱼岛出生的，为人绝对忠实、诚恳，并且认真能干，人缘也很好，大家都很欣赏他，而且他与邦德有着颇深的交情。几年前，邦德在牙买加进行过一次冒险，正因为有了克莱尔，这次冒险才取得了完美的成功。因此，调查史特兰格这件事，绝对不能少了他。

邦德还没有到达牙买加的时候，就已经在蓝山旅馆预订了一间单人房。他决定，到达旅馆之后，立刻让旅馆为他准备一辆车。邦德正在懊悔呢！他意识到自己刚才太大意了，他不应该乘坐这辆车，而是应该找一辆出租汽车，然后让克莱尔的车跟在后面，这样一来，他就有机会在途中消失，而不至于被人盯上！

邦德气恼极了！还没有开始交手，他已经败给敌人一次了。但是，敌人到底在什么地方呢？突然，邦德从座位上转身向后看去，他发现在距离这辆车大约一百码处，有一辆汽车正跟在他们后面。汽车上两盏微弱的侧灯让邦德心里发毛，他立刻警觉起来。在牙买加，大多数司机在行驶的时候只会开前灯。邦德回过头，对克莱尔说道："前面就是一个十字路口，左手边是金斯敦，右手边是莫兰特。你以最快的速度将车开向右边那条路，然后停下来，关掉车灯。明白吗？"

"是的，我明白，头儿。"克莱尔来了兴致，精神抖擞地回答道。接着一脚踩下油门，汽车便像箭一般飞了出去，快速转到右边的路上，停了下来。

邦德迅速向四周打量了一番，发现五百码以内并没有任何车辆，这才确认不会有可疑的迹象。克莱尔已经将车灯关掉了，此刻两个人就那样坐着，谁也没有开口说话，只是耐心地等待着。不一会儿，从路口那边传来一阵汽车的声音，随后街道上亮起了汽车灯。凭借车子的声音，可以判断出这是一辆大型轿车。片刻之后，汽车出现在了路口，果然是一辆美式大型轿车，让人诧异的是，车里面竟然只有司机一个人。汽车来到路口之后，便放慢了速度，只做了片刻停留，便往左边的金斯敦大道开去，车后扬起了一大片灰尘。

直到灰尘逐渐消散，邦德和克莱尔仍然静静地坐在车里，他们一句话也没有说。大约又过了十分钟，邦德终于开口说话了："克莱尔，掉转车头，开往金斯敦方向！"

"那辆车很可疑，没准是条尾巴！"邦德接着说道，"我们从机场出来的时候，就应该让你独自开这辆车，我悄悄地坐出租车的。这样一来，那家伙就白跑一趟了！你当心点，也许他发现自己上当了，现在正躲在某个阴暗的角落里监视我们呢！"

"头儿，你放心吧！"克莱尔信心满满地回答道。对他而言，只要是和邦德在一起，他总是那么有信心，而且始终感到非常轻松、愉快。

不一会儿，汽车便开进了闹市区。街上到处都是熙熙攘攘的人群，以及吵吵闹闹的声音。出租车、大卡车、大客车、各色各样的车辆混成一团。邦德意识到，车流实在太混乱了，想要发现是否有人跟踪他们，的确很难。接着，他们将汽车开向右边，驶上了一座小山。后面虽然跟了很多汽车，但是，邦德一眼就发现了那辆可恶的美式大轿车。十五分钟之后，他们便驶上了一条横贯牙买加的主干道——J大道。没过多久，一棵高大的棕榈树上悬挂着的巨大招牌吸引了他们的眼球。招牌上的霓虹灯一闪一闪，"蓝山旅社"四个字显得格外艳丽。接着，他们将车子开了过去。

那辆美式大轿车也一直跟着他们开到了旅社，随后，又往前开了将近一百码，这才掉头往回开去。

蓝山旅社的样式虽然显得有些古老，但是外观非常华丽。住在这里的客人几乎都是有钱有势的人。邦德订的房间是一套位于楼角的上等客房，从窗户向外看去，可以俯视金斯敦的全景，那景色美丽极了。

进入房间之后，邦德便脱下了那身从伦敦一路穿过来的衣服，痛痛快快地洗了个冷水澡，然后换上了当地的短袖衬衣，按下了电铃，叫服务员进来。

邦德向服务员点了两杯杜松子酒、两个柠檬，还有一杯苹果汁。他动作麻利地将柠檬切成片，放进了杜松子酒里，接着，端起手边的苹果汁，慢慢吸了起来。他吸得很慢很慢，仿佛苹果汁是珍贵的佳酿，必须要仔细地品尝才行。但是，他太过于专心致志了，两只眼睛圆溜溜地瞪着前方。此刻，他的脑子正在飞速地运转着，他在分析目前的状况，好计划下一步的行动。

就这样，他一声不吭地边想边喝着。直到七点的钟声响起，他才把克莱尔叫了过来，若无其事地问他："我们七点半一起去外面吃饭吧！哪家餐馆适合我们呢？"

克莱尔挠着头想了一会儿，说道："'快乐船'很不错！我们去那里吧，头儿。那是一家海滨夜总会，我们可以一边吃东西，一边喝酒，还可以听听音乐，真的很享受……"

邦德还没有听完，便"扑哧"一声笑了出来。克莱尔不愧是真正的印第安人，就连讲话也时刻带着印第安人特有的幽默和愉悦，这让邦德顿时轻松了不少。邦德选了一件深灰色的外套，接着给白衬衣搭配了一条黑色的领结，然后对着镜子照了一番，确信一切都很满意之后，这才与克莱尔一同走出了房间。

汽车开出旅馆，直接朝着市中心的方向开去，接着拐向左边，驶上了一条干净、狭长的大道。不时地，车窗外会出现一些夜总会和小餐馆，绚丽的灯光，以及里面飘过来的动听的音乐，让人觉得惬意极了。没过多久，他们的车已经开到海滨附近的一座庄园内。在路灯的照耀下，邦德看见几个漆成绿色的大字——快乐船。

邦德和克莱尔走进庄园之后，立刻被里面的热带情调所吸引。庭院中栽满了高大整齐的棕榈树。庭院的尽头就是海滩，海浪的声音不时地传过来。听着这隐隐约约的海浪声，感觉整个人从身体到心灵都放松了。棕榈树下，错落有致地摆放着许多小桌子。在庭院的正中央有一块平台，一个舞女正在上面翩翩起舞，几个乐师正兴高采烈地击鼓伴奏。那个舞女散着一头顺滑的长发，腰身不停地扭动着，眼睛像电波般左顾右盼，两条裸露着的大腿跟着腰身协调地摆动着，看起来，像一条美女蛇一样充满了魅惑。

人们零星地坐着，大都是有色人种，只有数得清的几个英国人和美国水手，他们正在和几个女郎又说又笑。一个身穿白色制服，身材肥胖的黑人侍者从左边的一张桌子绕了过来，笑容可掬地欢迎着他们的到来："克莱尔先生，你好啊！你可很长时间没有来了。找个座位坐下吗？"

"当然，普勒菲。我们需要一个安静一点儿的位置，最好能离厨房远一点儿。"

黑人侍者咧着嘴笑了笑,做了一个请的姿势,将他们带到了距离海滩比较近的一张小桌前,桌子正好被一棵高大的棕榈树遮挡着。

"这里怎么样?"他问道。看见克莱尔点头表示满意,他接着问道:"那么你们需要点什么?"

邦德给自己点了一杯杜松子酒,克莱尔则要了一杯啤酒。接着,他们取过菜谱,为自己点了喜爱的菜和汤。

不一会儿,黑人侍者先将饮料送了上来,杯子上冒出的那一层薄薄的水汽,给这闷热的夜晚带来阵阵凉意。不远处的海滩上,传来海浪轻拍礁石的声音,树枝上偶尔还会传来几声虫鸣。邦德惬意地伸了一个懒腰,感慨万分地说:"这地方真是太舒服了,比伦敦好上百倍!克莱尔,你可真棒!"

克莱尔听了邦德的赞赏满心欢喜,接着说道:"头儿,这个普勒菲跟我的关系很好,他可是个神人,对金斯敦的大小事情无所不知。只要是你想知道的,问他肯定能够得到满意的答复。他的老家在鳄鱼岛。有一次,我们俩划着一只小船去蟹岛,准备捉几只海蟹。但是,我们的船还没有靠岸的时候,岛上那帮坏蛋就不停地向我们开枪,结果,船被打了好几个洞。普勒菲毫不犹豫地跳海跑了。可惜我的水性太差,没有胆量跳下去,还好老天爷保佑,那天是顺风,船总算自己漂了回来。但是,那次冒险使普勒菲发了一笔不小的财,而我仍然穷得叮当响。"克莱尔无奈地摊了摊手。

"蟹岛?这是个什么样的岛?"邦德非常好奇。

克莱尔看着邦德说:"是一个可怕的狼窝虎穴!头儿。"他喝下一大口啤酒，接着说："这地方自从被一个混血儿买下之后，就变成了不祥之地。他雇用了一帮人在那里开采鸟粪，并且规定任何人都不准上岛。如果有人敢违反规定，必定有去无回。"

"太奇怪了！怎么会这样呢？"

"还有更奇怪的呢！岛上所有人，个个全副武装，而且他们还有飞机和雷达呢！那个小岛已经被可恶的混血儿完全控制了。"克莱尔无奈地叹了一口气，"唉，那个鬼地方简直不是人去的，我甚至连想都不愿意想！"

邦德若有所思地点了点头："我明白了。"

没过多久，菜和汤也送了上来。他们又点了一些酒，随后，两个人便津津有味地狼吞虎咽起来。趁着吃饭的时候，邦德顺便将史特兰格的事大致告诉了克莱尔。克莱尔仔细地听着，其间还提出了一些疑问，显然，他已经被这个故事深深地吸引住了！尤其吸引他的是蟹岛上的鸟群，以及岛上的卫兵们。他三下五除二地将食物吃完，满足地抹了抹嘴，接着点燃一支香烟，慢慢地说道："头儿，我不了解那些鸟呀蜜蜂的！但是，我已经嗅出了这里面不对劲儿的地方，那个混血儿真不简单，他肯定在进行一些非法活动。"

克莱尔的话一下子提起了邦德的兴趣，于是他问道："是吗？你为什么这么认为？有什么依据吗？"

克莱尔微微一笑，顺势将手一摊："那个家伙有着万贯家私，可是他偏偏选择在这么一个荒无人烟的小岛上生活，这里面一定有隐情！而且，他不仅与外界断绝了来往，还杀死所有闯到小岛上的人，这一切诡异的行为，都明显地告诉我们，这岛上一定有不可告人的秘密……"

"接着说，我很感兴趣！"

"没有了，头儿。其他的我就说不上来了。"克莱尔窘迫地一笑。

就在这时，庭院里亮起了刺眼的闪光灯，邦德本能地回过头。他看见不远处的一棵棕榈树下站着一位姑娘，那姑娘正是在机场碰见的那位东方姑娘。她穿着一条黑色的短裙，肩膀上挎着一个人造皮革的小包，看起来非常性感。只是她手里举着的照相机让邦德反感极了！她看见邦德回过头来，便冲着他一个劲儿微笑。

"克莱尔，去把她请过来！"邦德严肃地说道。

克莱尔点了点头，站起身，向前走了两步，接着伸出右手，礼貌地对那位姑娘说道："晚上好，小姐。"

姑娘抿嘴一笑，接着把照相机挂在了脖子上，然后大方地与克莱尔握手问好。克莱尔顺势拉住了她的手，像是在舞会上跳舞一样带着她转了一圈，随即便将她的手扭在了背后。

"你在干什么？快点放开我！"她狠狠地瞪着克莱尔，"你把我弄痛了！"

克莱尔温柔地微微一笑，充满歉意地说："实在不好意思，我的头儿想邀请你过去喝一杯。"话音刚落，他便把她推向了桌子跟前，接着用脚将一把椅子勾了过来，紧挨着她坐了下来，当然，他仍然把她的手扭在背后。不知道的人，看着他们这样，还以为是一对正在闹别扭的恋人。

邦德向前倾了倾身体，狠狠地瞪着她那张充满怒气的脸，说道："晚上好，小姐。你怎么会来这里？还有，为什么总是没完没了地给我拍照！？""怎么了？我喜欢摄影！"她倔强地将嘴唇嘟起，"上一次给你拍的照片还没有洗出来呢！"她瞪了一眼克莱尔，又看向邦德说："快点让那个讨厌的家伙放了我！"

"你叫什么名字？你真的是格林纳日报的记者吗？"

"我不愿意告诉你。"

邦德没有理会她，转头向克莱尔递了个眼色。

克莱尔立刻心领神会，慢慢地将她身后的右手向上抬起，只见她紧紧地咬住嘴唇，一副痛苦的表情，身体也在不停地来回扭动。克莱尔没有理会这些，继续狠心地抬高她的手。

"啊！"她实在忍不住了，发出一声痛苦的尖叫，"不要这样，我说！我说还不行吗！"接着克莱尔将她的手放松了一点儿。

她恶狠狠地瞪着邦德，说道："我叫安娜贝尔·宗。你满意了吧？讨厌！"

"让那位黑人侍者过来一下。"邦德没有回应她，对克莱尔说道。

克莱尔拿着小刀，在酒杯上敲了几下，那位黑人侍者便立刻跑了过来。

邦德问道："这个姑娘你以前见到过吗？"

"见过几次，先生，她经常来这里。怎么了？她妨碍到你们了吗？是不是要我把她拉出去？"

"不是，她很招人喜欢，"邦德温和有礼地说道，"只不过她总是不停地给我拍照，我不知道她到底有什么目的。麻烦你打个电话去格林纳日报，确认那里是否有一个叫安娜贝尔·宗的摄影记者。如果真的有，我想他们会好好奖赏她的。"

"我明白了，先生。"黑人转身离去。

邦德回过头，对着那位姑娘笑了笑，端起啤酒喝了一口。

姑娘愤怒地瞪着邦德，轻蔑地说道："你怎么不让那个人救你呢？"

"请你原谅我的这种方式。我迫不得已必须这样对你！"邦德温柔地跟她道歉，随即又严肃地说，"我的伦敦老板曾经这样警告过我，他说金斯敦有很多惹人讨厌的家伙。当然，我并不是说你就是那种人，但是，我不得不防！你知道吗？你的行为让我很厌恶，我实在想不明白你为什么非要给我拍照呢？现在，你能告诉我，你这样做到底有什么目的吗？"

姑娘仍然紧绷着脸，怒视着邦德说："我的工作就是摄影。"

邦德忍住心中的怒火，继续向她问了几个问题，但是她都拒绝回答。

正在这时，普勒菲回来了。没等邦德开口，他便恭敬地汇报道："先生，没错，那里的确有一个叫安娜贝尔·宗的摄影记者，并且是一个自由摄影记者。他们还说，她的摄影技术很不错。请您不必担心！"

"谢谢你。"邦德说道。

黑人礼貌地点了点头，便转身离开了。邦德慢吞吞地像是在自言自语一样说道："自由摄影记者，可惜这并没有为我解释究竟是谁对我的照片这么感兴趣！"

他突然把脸一沉，盯着安娜贝尔·宗说："你最好快点告诉我真相！"

"凭什么？我就不！"那姑娘的怒气反而更大了。

"好的，既然这样顽固不化，就不要怪我对你不客气了！克莱尔，现在留给你来表演了，给她点颜色瞧瞧！"说完，邦德向椅背上一靠，做出惬意的姿态，像是准备观看一场精彩的演出一样。他清楚地意识到，线索就在这里。这个姑娘一定知道一些事情，而这正是他想要知道的，只要她肯开口，将对他完成这项报酬高达六万四千美元的工作有很大的帮助。

这时，只见克莱尔毫不犹豫地将她的右手猛地一抬，那姑娘立刻缩成一团，眼泪随即"吧嗒吧嗒"地一个劲儿往下掉。克莱尔没有理会这些，继续将她的手又往上抬了一点儿，此刻，她已经疼得撕心裂肺了，可是，她仍然倔强地什么也不说，嘴里还一个劲儿地骂着。

"快说吧！再这样强硬下去，对你一点儿好处也没有！"邦德软硬兼施，"只要你告诉我们，我们不但会立刻放了你，也许大家还能成为很好的朋友。"

看着姑娘痛苦的样子，他有点不忍心了，生怕克莱尔会将她的手折断。

"你……"话音还没有落下，她已经抬起左手，狠狠地打向了克莱尔的脸。邦德原本想要按住她的手，但是看来已经晚了。只见他眼前闪过一道光亮，接着传来"啪"的一声。邦德立刻上前抓住了她，这时，克莱尔的脸上已经布满了鲜血，桌子上的杯子、餐盘也掉落了一地。原来，她将照相机砸在了克莱尔的脸上，这差点儿要了他的右眼。

克莱尔本能地用手在脸上抹了一下，看着满手的鲜血，故作夸张地大声叫了起来："啊……头儿，你看……我太亏了！这妞怎么这么厉害，让我来扭断她的手吧！"

"不要这样，"邦德松开安娜贝尔·宗的手，"克莱尔，放了她吧！"他又气恼，又有些无奈，尽管费了这么大劲儿，但是仍然没能让她说出点什么，甚至让克莱尔受了伤。他已经肯定，这件事本身已经表明了某些东西。

但是，克莱尔不肯就这么放过她，他掰开她的手掌，眼睛里闪过一道凶狠的光："小姐，既然你已经狠心地给我留下一个纪念，我也不能太小气了！就让我们彼此留个念想吧！"说着，他拿起桌上的餐刀，狠狠地在她的虎口位置划下一刀。那姑娘尖叫一声，拼命地从克莱尔手中挣脱出来，然后退到一边，捂着手，面部扭曲地大声骂道："你这个浑蛋，总有一天你会死得很难看！看着吧！一定会有人来收拾你的！"说完这些，她毫不犹豫地转身跑进了树丛。

克莱尔看着姑娘远去的背影，哈哈大笑起来。接着，他顺手抓过桌上的餐巾擦掉了脸上的血迹，然后潇洒地把餐巾往地上一扔，嘟囔着说："这个小妞倔强得还真可爱……"

"我们走吧！克莱尔，再不走警察又要来烦我们了，"邦德面无表情地说道，"时间已经不早了，你快去把脸上的伤清理一下吧！我有些累了，想回去好好睡上一觉。"

第五章
神 秘 失 踪

"你这个浑蛋，总有一天你会死得很难看！看着吧！一定会有人来收拾你的！"邦德整个晚上都无法入睡，他一直被安娜贝尔·宗说的这番话困扰着。"一定会有人来收拾你的！"这究竟指的是谁呢？她与自己所接手的工作又有什么关联呢？直到第二天早晨，邦德在阳台上用早餐的时候，他仍然在揣测这几句话，虽然他的眼神停留在金斯敦热闹的街道上……

现在，邦德已经确信，史特兰格和特鲁布尔小姐之所以遭到迫害，一定是因为他们发现了什么，原本想进一步调查事情的缘由，结果被人杀害了。还有，杀害史特兰格的，是一个非常狡猾的家伙，他确信只要史特兰格被害，伦敦情报局一定会派人来调查这件事情。而且，他也猜到，只有邦德才能胜任这场调查。因此，他必须将邦德的照片弄到手，并且找人随时跟踪他的行踪。看来，他已经被敌人当作猎物，狠狠地盯上了。只要邦德发现线索，他们必定会用杀死史特兰格的方式杀害他。邦德知道，自己的生命已经危在旦夕，他随时会被人暗杀，有可能是在一辆汽车里，也有可能是在一条幽静的小路上，他可能以各种方式死在敌人的手里。邦德心中疑惑不解，那个姓宗的女记者说不定就是受那个诺博士的指使而来。如果真的能像邦德想的那样，对他而言反倒是一件好事，这样一来他便可以从她的身上找到一些线索，不至于像现在这样如同一只无头苍蝇。但是，他又敏锐地意识到，经过昨晚的一场闹剧，敌人肯定会加强防范，重新部署作战计划。

邦德漫不经心地点燃一支香烟，狠狠地抽了一口，接着缓缓地吐着烟圈。他的眼神穿透面前慢慢飘散的烟雾，直直地盯在繁华的金斯敦大道上，那种感觉，就好像烟雾的背后隐藏着敌人的面孔一样。

那个自称诺博士的家伙，一定也牵连其中。他将蟹岛占为己有，不允许任何人靠近那里，虽然只是打着采集鸟粪的旗号，但是，他一定暗地里进行着一些不为人知的事情。甚至连美国联邦调查局都无法提供有关蟹岛的详细情况。人们只是单纯地以为，那个小岛上有不计其数的海蟹，还有成群结队的海鸟，以及大量的、一文不值的鸟粪。除此之外，最刺激的，就是在这个岛上先后有四个人丧生。不论怎样，邦德都无法猜透，那个诺博士到底是个什么样的人？他究竟有什么样的秘密呢？最后，他决定去一趟殖民局，去查阅一些有关蟹岛的资料，也许能对诺博士多一些了解，或者找到一些线索。

这时，突然响起了一阵敲门的声音。邦德漫不经心地站起来，走过去将门打开，原来是克莱尔。他在脸上的伤口处贴了一块胶布，看起来非常滑稽，让人不自觉地笑了起来。

"早上好，头儿。你是让我八点半来吧？"

"是的，进来吧！克莱尔，你吃过早餐没有？我们今天可要忙一整天呢！"

"吃过了，头儿，你就放心吧！"

他们走到阳台坐了下来。邦德取出一支香烟递给了克莱尔，接着自己也拿起一支，然后说道："今天我准备去政府大楼，还想去会见总督大人。明天早晨之后我才需要你跟我一起共事。但是，今天，你去帮我做一点儿事情，好吗？"

"当然可以！头儿，你就不要跟我客气，有什么事尽管吩咐好了。"

"好的。首先，你得去给我们的那辆车装一个非常棒的消音器，那辆车的噪音实在太大了。这件事情必须由你亲自去办，安装好之后记得试一试。另外，你再去找两个跟我们俩身材相当的男人，记住，其中一个必须会开车！然后，你给他们一人买一套衣服和帽子，按照我们俩的样子打扮就行。告诉他们，明天一早开着那辆车去蒙特哥，对了，今天晚上就把车子停在莱维停车场。我说的这些你都记住了吗？"

"当然，"克莱尔笑了起来，"头儿，我明白你的意思，你准备放一个烟幕弹，对吗？"

"是的，你给他们每人十英镑作为酬劳。他们要问起，你就这样跟他们说：明天有一位美国富翁要去蒙特哥海湾迎接两位贵宾。对了，让他们明天早晨六点钟就来这里。另外，你还要再准备一辆车。他们来了之后，那辆'山地阳光'牌汽车就让他们开，听清楚了吗？"

"是的，头儿，我保证完成任务！"

"对了，还有一件事情。我想把靠近北海岸的那所房子租下来，不知道能不能行？"

"这个……我说不准。但是，我想只要有钱，应该不成问题。"

"好的。如果能租下来，就先租一个月吧！万一不行，就在附近找一间，这件事你就看着办吧！你跟服务员说，一个叫詹姆斯的美国人想要租下这间房间，你只负责付钱和拿钥匙，合同由那位先生亲自来签。如果房间的价钱实在太高的话，我会打电话跟他们协商的。"说完这些，邦德便拿出一沓钱，将其中的一半交给了克莱尔。"这里大概有两百英镑，应该够了吧！如果不够用的话，你就跟我联系，我会告诉你我所在的地方。"

"好的，头儿。"克莱尔整理了一下衣领，站起来问道，"除此之外，还有其他事情吗？"

"暂时没有了。不过你千万要小心，不要被人盯上。不论车子在什么地方停留，下车的时候一定要仔细看看四周有没有东方人。"说完这些，邦德也站了起来，然后把克莱尔送到门口，又补充道："明天早上六点一刻你来这里，我们去北海岸，去那里准备一个临时驻扎地。"

克莱尔一脸茫然地看着邦德，他实在弄不明白邦德这样安排究竟有何用意。但是，他没有多问什么，跟邦德告别之后，便转身离开了。

大概半个小时之后，邦德下楼，叫了一辆出租车往政府大厦方向开去。抵达之后，他打算像一个普通的来访者一样等待总督的接见，而不愿在总督的来访簿上留下自己的大名，因此他在大厅里等待了一刻钟，随后，他便在总督侍从副官的带领下来到了总督的书房。

房间非常宽敞，而且幽静，空气中弥漫着一股雪茄的味道。那位代理总督穿着一套并不合身的衣服，此刻正坐在一张宽大的桃木桌子前办公。桌子上摆着一盆盛开的娇艳欲滴的玫瑰花，还放着三份《格林纳日报》和一份《时代周刊》。总督大概六十岁左右，但是看起来精神很好，脸色红润且有光泽，尤其是那双小小的蓝眼睛，闪闪发光。邦德进来之后，他并没有任何表示，脸上也没有丝毫表情的转换，他仍然坐在那里，只是开口说道："早上好，邦德先生。请坐吧！"

邦德走到桃木桌前，在其中一把椅子上坐了下来，然后说道："早上好，总督先生。"接着便是一阵沉默。此刻，邦德正在耐心地等待着总督说出下文。

临行之前，邦德曾经听殖民局的一位朋友说过有关这位总督的一些事情："他的任期已经到了，现在正等着新的总督走马上任。他心里清楚，自己在台上的日子已经没有几天了。所以，不想再为了史特兰格这件案子大费周章。我估计，想要让他帮助你调查史特兰格这件案子，可能性不大。"

此时此刻，总督已经被邦德的不卑不亢震撼了。到目前为止，除了邦德以外，几乎所有人对他都是毕恭毕敬的。所以，他清了清嗓子，开口问道："你来找我，有何贵干呢？"

邦德语气平稳地回答道："并没有什么大事，先生。我来这里，主要是想更多地了解一下有关史特兰格这件案子的详细情况。我相信，您一定不会拒绝我的要求。"

"噢……这件事情我大概知道一些。但是，我对此已经无能为力了，因为它已经结案了。"

　　"结案了？那么结果如何呢，先生？"

　　总督很不耐烦地挥了挥手，说："显而易见，这只是一个骗局罢了！史特兰格和那个姑娘早就已经策划好了，现在他们私奔了，却把这个烂摊子交给我来处理。说实在的，你的那些同事，有些人实在不适合与女人一起单独工作。"

　　邦德正准备反驳，结果总督根本不给他开口的机会，继续说道："这种事情已经不是第一次发生了，以前也经常出现这种男女私奔的事。我倒觉得，你们应该从中吸取教训，好好做一下总结，尤其是在任命人员方面更应该慎重考虑，然后再做决定。"听完总督的这番言论，邦德只能苦笑着说道："好吧！既然如此，我只能将希望寄托于牙买加警方了。不过，我还有个请求，我能否与这里的殖民局官员见个面？"

　　"这个吗，当然可以。不过，你能告诉我为什么要去见他吗？"

　　"是有关蟹岛的一些事情，据说那里居住着一群奇怪的水鸟。伦敦殖民局委托我们调查有关事宜，我的上司吩咐我顺便去那儿看一看。"

　　"好的，绝对没有问题，"这时，总督的态度温和了一些，"殖民局一定会为你提供方便，并协助你的。也许，你还能在那里发现有关史特兰格的线索。"

　　接着，总督按响电铃，随即侍从副官进来了。他吩咐道："这位先生要去会见殖民局局长，你陪同他一起去吧！我会马上打电话通知史密斯先生的。"说完,他站起来,绕过桌子走到邦德面前伸出右手: "邦德先生,我很高兴见到你。虽然我从来没有去过蟹岛,但是我仍然预祝你在那里的工作能够一帆风顺。有机会我们再见!"

邦德握着他的手说道:"谢你吉言。再会,先生。"

邦德离开房间之后,总督又重新走回桌子跟前坐下来,他自言自语道:"哼!高傲自大,真是初生牛犊不怕虎!"说完,他拿起电话往殖民局打去,通知他们邦德即将过去,之后,便百无聊赖地翻看起《时代周刊》。

殖民局局长是一个年轻人,他的头发有些蓬乱,一双眼睛散发着狡黠的光芒。他不像其他年轻人那样抽香烟,而是抽烟斗,并且他喜好每次在烟斗里放上很少的烟丝,点着之后,抽两口,再装上烟丝,再点着,再抽两口。他似乎总在不停地装着烟丝,划着火柴。从邦德进入他的办公室,不到十分钟的时间,他已经装了三次烟丝,点了三次烟斗了。这让邦德产生了一种错觉,他根本不是在吸烟,而是在享受装烟的过程。

邦德坐在局长的对面,只见这位局长一条腿翘在椅子的扶手上面,说道:"说实话,我并不反对你来我这里。我相信,你不是来给我添麻烦的。"他晃了晃手中的烟斗,接着说:"你有什么疑问尽管说出来,我们一定会尽最大的努力帮助你的。难道又是那些令人恶心的鸟粪吗?"

"是的。"邦德面无表情地说,"但是,最主要的还是想了解一下有关史特兰格的事。其他那些问题只不过是顺便打听一下罢了!我想看看有关的文字资料,当然,如果您同意的话。对了,我还想知道，除了我，还有谁对这件事情感兴趣吗？如果您觉得我是多此一问，那就算了。"

史密斯瞪了邦德一眼，把嘴角一撇，说："我一猜，就知道你来的真正目的是什么！"他抬头看着天花板，摆出一副苦思冥想的样子："那些资料你当然可以看，好像都放在我秘书的桌子抽屉里了，一会儿我让她帮你找一找。她是新来的。"殖民局局长很奸诈，故意把问题推到了秘书的身上："我们的档案都是由秘书保管的，我只看一遍就交给她了。"

"哦！原来是这样。"邦德实在不愿将时间浪费在反复解释这件事上。于是，他淡淡一笑说道："好的。那么现在你能不能介绍一下有关蟹岛的状况呢？能不能跟我聊一聊有关诺博士的事情？他究竟是干什么的？"史密斯笑着从嘴上将烟斗拿了下来，然后放在火柴盒旁边，说："我无法三言两语将这件事情说清楚，你还是去翻看档案吧！在我还没有被任命为殖民局局长的时候，有关蟹岛的档案就已经存在了。"说着，他按了一下电铃。不一会儿，从邦德身后传来开门的声音。

"塔罗小姐，麻烦你问一下朗费罗小姐有关蟹岛的档案放在什么地方，然后将档案拿来。"

"好的，先生。"邦德听见一个轻柔的声音，紧接着门被关上了。

"我们继续谈吧！"史密斯将身体舒服地靠在椅背上，说，"实际上蟹岛是一个鸟岛。那里生活着一种红色羽毛的海鸟。也许你在伦敦也见过吧！它们的主要食物是海里的鱼类，但是，这种鸟的食量实在太惊人了，一天到晚似乎都在不停地吃。曾经有人计算过，全秘鲁的人每年大约吃掉四千吨鱼。可是，这种海鸟竟然要吃掉五十万吨！"

这让邦德也大吃一惊，他惊叹道："天啦！"

"它们吃得多，排泄物当然也多。每天它们都是这样不停地吃，然后不停地排泄。时间一久，岛上的鸟粪堆积得就像一座山一样。"

"除了这些海鸟以外，岛上还有其他的生物吗？"

"这个我就不太清楚了，也许还有海蟹吧！"

"那么，诺博士又是干什么的呢？"

史密斯拿起烟斗装上烟丝，点燃后放进嘴里，这才说道："他呀！是一个很奇怪的人，几乎不与外界来往。据我所知，去年鸟粪的价格只有四十美元一吨。真是见鬼！这么一点儿收入，怎么养活那帮为他拾鸟粪的人？反正我猜不透这里面究竟有什么名堂！"

这时，邦德身后的门再次被打开，传来刚才那个轻柔的声音："对不起，先生。我怎么都找不到那个档案。"

"怎么会呢？最后一个看它的是谁？"

"是史特兰格先生。"

"噢，对！是他。当时还是在我这里看的呢！真奇怪，怎么就找不到了呢？"

"这个我也不知道，先生，总之装档案的袋子还在，但是里面什么都没有了。"

就在这时，邦德转身看了一眼身后的女秘书，随即将头转了回来，他明白了！他什么都明白了！就在他回头的那一瞬间，他已经知道档案为什么会在秘书的桌上不翼而飞了，并且他也已经知道档案的去处了，邦德不由得在心里冷笑起来。随即，他立刻联想到，自己虽然是以"进出口商"的身份到牙买加的，可是刚到就被人盯上了，现在他也终于明白其中的蹊跷了。想必，情报正是从这座政府大楼里泄漏出去的。

邦德之所以做出这样的判断，是因为站在门口的那个年轻、漂亮、精明、能干，戴着一副大眼镜的女秘书，竟然与诺博士以及倔强的女摄影记者一样，都是有着东方血统的混血儿！

第六章
剧 毒 蜈 蚣

　　那天中午，殖民局局长史密斯邀请邦德和他一起在高级的商务俱乐部里共进美味的午餐。在餐厅一个僻静的角落里，他们找了个比较好的位子坐下来。这里的环境特别优雅，风格也很独特。简约亮丽的设计，典雅清秀的摆设，古朴雅致的桃花木桌面，显得既幽静淡雅，又格外有情调。瑰丽浪漫的玫瑰红椅子，有一种贵族的气派。

　　在没有进餐之前，史密斯很简单地给邦德介绍了一下牙买加当地的一些风土人情、饮食文化以及奇闻逸趣。邦德对这些东西都非常感兴趣，他一直都有一个打算，就是有一天自己退休了，可以尽情地到世界旅游胜地游览一番。

　　"牙买加？"邦德的眼睛睁得圆溜溜的，好像对牙买加很好奇似的，然后挑了挑浓眉，"我记得它位于加勒比海，好像离古巴很近。"

　　史密斯很平静地将烟草填入烟斗，可以很清晰地听到噼里啪啦的火柴燃烧的声音。

　　"不错。"史密斯轻轻地点了一下头。

　　"大致上来说，"史密斯拿起烟斗，深深地抽了一口烟，"牙买加人和睦快乐地相处，他们心地善良，温和，待人真诚。他们给外人留下的唯一不好的印象就是有时候过于懒散，天真得像不懂事的孩子。牙买加人居住的岛屿，泉水淙淙，河水漾漾，美丽而富饶，可是他们从来都没有想过，利用这片土地的资源创造出更有价值的财富，使他们的生活富足起来。但是英国人很聪明，他们看上这里的资源，于是他们的到来让这里发生了巨大的变化。英国人在这里殖民统治了差不多二百年，但是根本没有从这里得到什么，哪怕是一点儿小小的财富。在这里得到实惠最多的应该是葡萄牙人，还有那些散居在这里的犹太人，他们真的凭着这些岛屿发了横财。这些来自世界各个地方的外国人很善于经营自己的买卖，几乎垄断了这里所有的旅馆业、商业、餐饮业，可谓生意兴隆、财源滚滚。以前，这里是一个交通十分闭塞、信息也很闭塞的岛国。道路崎岖，人们往来都靠步行，贸易也靠脚力，同时跟其他国家根本没有任何来往。之后，印度商人来到了这里，才慢慢地带动了这里的一些对外贸易。来到这个岛国的最后一批是华人。这些华人都非常吃苦耐劳，并且聪明能干，凭借着这些特质，他们在牙买加的势力越来越大。一直以来，华人都按照自己的民族传统和风俗习惯生活，基本上不会同外族人结婚。不过……"说到这里，史密斯把烟斗举在半空中，哈哈大笑起来，"他们中还是有许多人经受不住黑人姑娘千娇百媚的诱惑。也许你已经看到了，在金斯敦的大街上，华人和黑人的混血儿几乎到处可见。这些混血儿没有自己的民族，所以受到很多歧视，华人们鄙视他们，黑人也小瞧他们。这种极端的歧视让他们变得非常坚强和残忍。假如就这样一直持续下去，最后他们将会对牙买加的社会、政治构成严重的威胁，造成巨大的破坏。你也许不太清楚，他们的身上综合了华人的智慧和黑人的很多不好的习惯，所以很难对付啊。你知道吗，这些年这里的警察吃了他们不少苦头，一听是他们在寻衅滋事，一个个心里都怵得慌。"

听到这里邦德跷起二郎腿，好奇地问道："您那位漂亮迷人的女秘书……她也这样？"

"噢，她啊。对，她非常聪明能干，而且很漂亮。她已经在我这里工作了半年多。在所有的员工里，她是最优秀、最能干的。"

"她看起来确实很不错，"邦德直了一下身子，笑了笑说，"这些混血人种有组织吗？他们有领导人吗？"

史密斯摇了摇头，说："没有，到现在为止，还没有发现有什么领导人物。不过，最近好像有组织想利用他们，并把他们控制起来。你知道，他们很容易被其他人利用。"史密斯捋起袖子，看了一下表："哦，我记起来了，这一定是他们干的，肯定是那些混血人在我们眼皮底下偷走了那一卷档案。真是弄不明白，他们到底想干些什么，我很清楚地记得……"忽然，他停下来不说话了，像是在思考。

几分钟之后，他才开始接着先前的话说："就现在的情况而言，关于蟹岛和诺博士的一些比较详细的情况，恐怕我就无能为力了。直接一点儿说吧，即使那份档案没有被混血人偷走，在那里面咱们也找不到什么有价值的情报。不过，我倒想起来我的一位老伙计，他在大学的图书馆里工作。我想他那里或许有那幅关于蟹岛的地图。如果真的没有，那我们的工作进程就到此为止了。现在我们唯一可以干的事情就是去找我的这个老伙计，希望从他那里能得到一些线索。"史密斯伸了个懒腰，从椅子上站了起来，从身旁的衣架上取下外套，"走吧，邦德。我带你去见见他吧。"

邦德和史密斯走出了俱乐部，服务生为他们叫了一辆计程车。邦德刚把脚迈进车里，史密斯很高兴地说："去那里得需要一段时间，你可以欣赏一下沿途的景致。"

一个小时之后，他们已经来到了那所大学的门口，这时史密斯的老伙计已经在门口等着他们了。这是一个瘦骨嶙峋的小老头，须发皆白，满脸镌刻着饱经风霜的皱纹。史密斯和他一番嘘寒问暖之后，开始转入正题："老伙计，有事要请你帮忙啊。"

"我的大局长，您还有事情找我帮忙？"他风趣地说。

"一件很重要的事情，只有你可以帮助我。"史密斯笑了笑，拍了一下他的肩膀，"在你工作的图书馆里，有没有一幅关于蟹岛的地图？"

"先跟我进去吧，我帮你查查。"

一会儿，他们来到了图书馆，邦德发现里面的书上都落满了厚厚的灰尘，好像很久都没有人动过了。穿过一个走廊，他们来到了一个阅览室的门口，上面的牌子写着"地图图书馆"。

询问过图书管理员，才知道这里有那张地图。于是邦德被领进了一间灯光昏暗的小屋子。一进门就看见桌子上放着一张泛黄的蟹岛地图。

"这是一张简图，1910年制图。"图书管理员指着地图说。

这时史密斯递给邦德一个放大镜。

邦德很仔细地看着这张地图，从地图上可以看到，蟹岛的面积差不多有五十平方英里，大致上可以分为东、西两大地区。东部地区面积大约占了全岛的四分之三,一个浅水湖,很多茫茫的沼泽地。还有一条小河从浅水湖中通向大海,在入海的地方形成了一个不大不小的海湾,周围是一大片沙滩。在岛的西部有一座大约六百英尺高的小山。

邦德用放大镜很仔细地看了半天,发现地图上根本没有清楚地标明道路,更没有标出一些显著的建筑物。从地图上来看,蟹岛正好位于牙买加岛和古巴的中间。从蟹岛到牙买加北海岸的伽利纳角大约有三十海里,到古巴大约有六十海里。

邦德把放大镜移到地图上标有水域的地方,他一边看一边嘴里还发出一些声音,好像在计算着什么。根据地图,邦德推算出岛的西面水深大约为三千英尺,应该是深水区。而其余的三面水不深,应该都是浅滩。

看完地图之后,邦德很小心地把它叠起来,递给图书管理员。

"有收获,今天。"邦德很高兴地说。

"看来,我们这趟没有白来。"史密斯点头,表示赞同。

这时,邦德看了看表:"刚刚四点,我们回去吧。"他捶了捶后背,"今晚我得把一切准备工作都做好,然后好好休息一下,这样明天的工作就可以顺利地进行了。"

他们走出那所学校,叫了辆计程车回宾馆去了。

很快,邦德就回到了宾馆。一进门他就询问宾馆服务员:"请问,今天有没有一个叫克莱尔的人给我来过电话?"

"没有人给您打过电话,先生。"女服务员回答,"不过,下午的时候有人给您送来了一篮子水果,好像是从政府大厦那边送来的,我叫他直接把水果送到您的房间里去了。"

"是一个什么模样的人送过来的？"

"一个眉毛粗浓、皮肤黝黑的男人，先生。他告诉我，是侍从副官吩咐他给您送来的。"

"哦，我知道了，谢谢你。"邦德说完便掏出房间的钥匙，转身向楼上的房间走去，猛然间他心中感到一阵不安，寻思着这里面一定大有名堂。这时他的手不由自主开始伸到怀里，握着藏在衣服口袋里的手枪。他几乎是轻手轻脚走到自己房间门口的，门把手慢慢地随着手的转动而开启，然后他使尽全身力气猛地一下把房门撞开。他仔细看了一遍房间里的每一个角落，"怎么什么人都没有？"邦德自言自语道。于是他又很仔细地搜索了一遍房间，但是还是没有什么发现，这时他终于长长地舒了一口气，转身锁好了房间。

邦德正想脱下外套的时候，发现桌子上放着那个竹制的水果篮，跟服务员描述的一模一样。水果篮包装得很精致，里面的水果色彩斑斓，鲜嫩欲滴，品种更是丰富得让人垂涎，里面有五颜六色的橘子、香蕉、葡萄、苹果和梨。水果篮的提手上有一个淡粉色的信封，用一条蓝色的细丝带系着。邦德取下信封，慢悠悠地走到窗前将它拆开，只看见上面写道：来自总督的诚挚敬意。

邦德摸了摸脸颊，呆呆地看着水果篮，这时他的疑心比先前更重了。于是他站在篮子跟前左看右看，不时还用耳朵贴过去仔细听了又听，然后小心翼翼地把所有的水果一个一个拿出来，整齐地摆在地板上，他甚至把篮子翻了个底朝天，可还是没有发现任何可疑的迹象。他深深地松了一口气，把水果原封不动地又放回篮子里。

邦德猜想水果肯定有问题，或许上面有毒，于是把篮子放进了浴室。这时，他突然想到自己的箱子会不会已经被人动过了，于是马上跑进了卧室，在灯下仔细地查看了箱锁。他立刻发现箱锁已经被人动过了，他先前撒在上面的白粉都被蹭没了。

这时邦德很清楚，战斗的序幕已经拉开了，敌人开始一步步地紧逼了。虽然他还不太清楚送水果的人到底是什么来历，但是可以初步断定是从蟹岛上来的，主要受谁指使或操控的呢？或许是诺博士。

邦德心想：坐以待毙是不行的，一定不能让他们牵着鼻子走。于是他从箱子里拿出一个放大镜，把那些水果和那封信彻底地查看了一遍，然后走下楼。"请问，您这儿有纸盒和带子吗？"邦德很客气地问服务员。

"您稍等，我帮您看看。"

几分钟之后，服务员把纸盒和带子拿给了邦德。

邦德把水果整齐地装进盒子里，然后打了个电话给政府大厦，希望与殖民局局长通电话。

"是史密斯先生吗？我是詹姆斯·邦德。"邦德说。

"是我，有什么事情吗？"局长回答。

"有一件事情需要您的帮助。您那里有化验员吗？有人给我送来一点儿东西，我想化验一下。"

"哦，好的。"局长迟疑了一下说。

"一会儿我会叫人给您送过去，请您马上帮我化验一下，事关重大。不过，千万不要向别人说是我送过去的，哪怕是您的秘书也别告诉。化验结果出来之后，请立刻打电话告知我。另外，还有一件事情，这几个星期我可能会去别的地方。不过您不必担心我的安全，到时候我会告诉您我在哪儿。"没等局长反应过来，邦德继续说，"请原谅我，这不是故弄玄虚。等我回来后会向您详细地做个说明。我再重复一遍，千万不要向任何人透露有关我的信息。好吧，非常感谢，再见。"

地址写好了，邦德下楼叫了一辆计程车，吩咐司机照着纸上的地址把那只盒子送到政府大厦去。六点钟的时候，他回到自己的房间，冲了一个热水澡后，又喝了杯甜酒。他刚想出去的时候，一阵电话铃响起。

"非常顺利，头儿。"是克莱尔打来的电话，听声音他好像很高兴。

"是吗，好极了！那儿的房子租下来了吗？"

"全部都安排妥当了，"克莱尔回答说，"一切都是严格按照您的意思办的，头儿。"

"嗯，干得不错。"邦德大大地夸奖了克莱尔一番，然后放下电话，来到了阳台上。

正是夕阳西下之时，天边的太阳裹上橘黄色，没有像早上的太阳那样闪出刺眼的光，满天的晚霞给这座海滨城市涂上了一层金色。不远处传来了飞机轰鸣的声音，没过一会儿，一架超级银座飞机映入邦德的眼帘。邦德仰头凝望着飞机，看着它从海边飞过来，目送它朝帕利萨多斯机场的方向飞去。他想起来昨天晚上来这儿时坐的飞机也是架超级银座。飞机到达时的情形仍然历历在目。随着舱门打开，机场扩音器里传出："各位乘客请注意，牙买加首都金斯敦已经到了，请您带好自己的随身物品……"

此时邦德的思绪又回到伦敦。二十四小时以前，他还待在伦敦，可现在自己却在这里。局长先生那张严肃的面孔也开始浮现在他的脑海中，似乎有些迫不及待地问他："007，现在有线索了吗？"

邦德开始回忆他来到这里后发生的所有事情：拍照的女记者，有人盯梢，刚才的一篮水果，这一切都说明了什么呢？蟹岛上的人到底想干什么？诺博士还要耍什么花招？

冥思苦想之后，邦德摇了摇头，自嘲地笑了笑，决定暂时不去想它们，一切顺其自然。他起身回到房中，告诉服务员再给他送一些饮料过来。

邦德喝了几杯饮料之后，便决定下楼到餐厅吃晚饭。晚饭之后，他在餐厅里看了一会儿报纸。差不多九点钟的时候，他感觉一阵倦意袭来，于是回到了自己的房间。他把明天要用的东西都收拾好了，然后给楼下服务台打了个电话，让他们务必在明天早上五点半叫醒他。虽然天气有点闷热，但是他还是把房门和窗户都关得严严实实的。五分钟之后，他进入了梦乡。

下半夜，邦德突然醒了。他打开灯看了看表，才三点钟，心想：奇怪，为什么这个时间会醒来？他爬起来，竖起耳朵，发现房间里没有一点儿响声，再倾耳细听，隐隐约约可以听见远处传来一两声狗叫，接下来便是死一般的沉寂。窗外的月光朦朦胧胧，四周一片寂静，这样更显得房间里的气氛有些神秘。

邦德突然本能地感觉到，房间里潜伏着一股杀机。他慢慢地抬起头来，顷刻间，吓得毛骨悚然，双脚发软，一动都不敢动。

有一个奇怪的东西在他右脚的脚踝上悄悄地滑动了一下，然后顺着他的小腿开始向上爬。邦德觉得自己的皮肤上有成千上万毛茸茸的腿在爬动。坏了，邦德心里惊了一下，肯定是一只有剧毒的昆虫，而且体型很大，至少有六英寸。

邦德紧张到了极点，心快要蹦到嗓子眼儿了。凭经验，他知道这肯定是一个很难对付的家伙。此时千万不能动，一动就可能有被它攻击的危险，那样小命也难保。他屏住呼吸，任那个家伙肆无忌惮地往自己身上爬。不一会儿的工夫它就爬上了大腿，来到了小腹，它的毛茸茸的腿弄得邦德心里直痒痒。当它爬上胸部的时候，停下来好像休息了一会儿，邦德身上的体毛太多了，那家伙翻山越岭的也累得够呛。之后它又开始爬，脖子……下巴……嘴……鼻子……

当它爬到邦德眼皮底下的时候，他清楚地看到了它，原来是一条热带蜈蚣，差不多有六英寸长。他知道这是有剧毒的东西，稍不注意就会被它咬伤，有时整个肢体都会出现紫癜。邦德开始冒冷汗了，汗水浸湿了枕头。它还是不断地往上爬，最后它爬过了邦德的头部，爬到了枕头上。这时邦德刻不容缓地一跃而起，快速打开灯。这时候，蜈蚣还在枕头上移动。他一把扯过枕头，用尽全身力气把它扔到地板上，举起一只鞋子，对着蜈蚣"啪"一声打了下去，只见蜈蚣像一团肉泥一样被钉在了地板上，身体奇异地扭曲了几下就死了。

第七章
偷渡蟹岛

"以前你见过蜈蚣吗，克莱尔？"当汽车行驶在大道上的时候，邦德忽然问克莱尔。

"什么？蜈蚣？"克莱尔一时间没有反应过来，惊讶地睁大了双眼。他愣住了，过了一会儿，他好像明白邦德说的是什么意思了，问："你是指……那种浑身上下密密麻麻地长着几百只脚的家伙？我听说它咬一下，会立刻使人毙命。"

"就是这种东西。这个地方，有吗？"

"当然有，到处都是。几天前我就抓住过一条，它最让人感到恶心和恐惧了。"克莱尔浑身哆嗦了一下，好像对那种家伙非常不喜欢。

"详细说一下。"邦德饶有兴趣地说。

"上次我抓住的那个家伙，差不多有五英寸长，我很仔细地数过，有 20 对足。世界上发现的蜈蚣有 3000 多种，足的数目从 15 对到 191 对不等。这些家伙非常令人讨厌，几乎没有人会喜欢它们。它们有聚居在一起的习惯，大多栖息在山坡、田野、路旁、杂草丛生的地方，或栖息在柴堆及屋瓦隙间，当然它们更喜欢在厨房墙角边等阴暗的角落里。一般都是白天在窝内栖息，夜间出来活动，天亮以后就很难见到它们的踪影了。我曾经在金斯敦的好多旧屋子里看到过这种家伙。太多了，很恐怖的。"刚说到这里，克莱尔指了一下邦德，诧异地问："头儿，难道你也看到那恶心的家伙了？"

邦德没有说话，心想：这个时候还是别告诉克莱尔关于那篮子水果和那条该死的蜈蚣的事了。克莱尔这人比较老实善良，如果知道这些事他肯定会神经紧张。

邦德打岔问道："要是按照你说的那样，只有一些比较旧的老屋子里才会有蜈蚣的踪迹，那么以前的时候你在那些新屋子里有没有看到过那家伙，桌子上、鞋里，甚至床上？"

"这个，没有。那东西不喜欢在新房子里，"克莱尔很确定地说，"那种地方绝对不会有。蜈蚣非常讨厌有光亮的地方，更不爱干净。那种潮湿肮脏的地方就是它们的乐园。"

这时，邦德知道应该再找另外一个话题来代替："嗯，我知道了。对了，有一件事情我忘记问你了，你找的那两个人怎么样了，我们那辆'山地阳光'汽车给他们了吗？"

"头儿，您放心好了，那件事我已经搞定了。"克莱尔脸上露出了十分得意的表情，"他们心里美得跟花儿一样。我给他们化装了一番，没想到跟咱俩还挺像。"但是过了一小会儿，他好像有点担心，轻轻地说："头儿，可是……他们很笨，什么都干不了，我快气疯了。"

邦德哈哈大笑起来："没事的，只要他们其中有一个人会开车就行，其他的你就不用管了。"克莱尔很迷惑，傻傻地看着邦德，他没有再说话，他知道既然邦德都这样说了，那肯定不会出事的。

汽车行驶到 J 大道上，从这里一直往北边走，很快就可以到达北海岸。太阳刚刚从地平线下升起来，这时人们已经从睡梦中醒来了。大路上早已经有了忙碌的行人。妇女们开始了自己一天的活动，三五成群，手提着篮子，一拨一拨地去市场采购所需要的食物。偶尔，会看到有几个男人很匆忙地去上班。

"我有点儿事情想问您，头儿。"克莱尔低着头，很不好意思地说，"也许我比较爱打听一点儿，可是在你心中到底有什么计划？能否告诉我下一步我们应该干什么？"

邦德听了，微微地笑了。"我只知道一个大致的情况，"邦德耸了耸肩膀，"你也知道最近发生的一些事情，史特兰格和他的女秘书神奇地同时失踪了。有些人认为他俩肯定是私奔了。但是据我的了解和分析来看，他们两个人一定是被杀害了。"

"是吗？"克莱尔有点诧异地说，"你觉得凶手会是谁呢？"

"我正打算讲给你听，你看看我的分析是不是有些道理。我估摸着一定是诺博士干的，就是蟹岛上的那个诡异的混血儿。这件事情一定跟他有关系。史特兰格肯定发现了他的大秘密，并且威胁了他，所以他就找人把他给杀了。还有一件事我要告诉你，从昨天到现在，那个诺博士已经在无形中和我斗了一个回合。你知道我们为什么要去博德瑟特待几天吗？"

"不知道，头儿。"克莱尔摇摇头说。

"其实，我是想在你的指引下把那一片的水域弄个明白。我记得你说过，在那里有一条线路你最清楚，是吧？"

"对，头儿。我是这样说过。"

"我想，我们现在应该去蟹岛拜访一下了。"

克莱尔轻轻地点头，表示同意。

"不用担心，老兄。只是去观察一下，到时候我们可以避开诺博士以及他的手下。听说那是一个鸟类的天堂，我很想去开开眼界。如果出现一些不好的苗头，我们立刻就返回。你觉得呢？"

克莱尔慢慢地从上衣口袋里拿出一根烟，很忧虑地点燃后，用尽力气吸了一大口，然后把烟雾吐向了空中，含糊其辞地说："头儿，去蟹岛我赞成，不过……"他停顿了一下，"有一个问题，我们从哪儿可以搞到船呢？要是没有船，我们根本去不了那儿，更谈不上回来了。"

邦德就知道克莱尔还有所顾虑，而且他也明白这些顾虑有道理，于是说："嗯，你说得很对。明天我就去玛丽亚港看看，顺便买一条，估计只需要五千英镑就可以买到。这样你可以放心了吧，我的老伙计？"

"行，"克莱尔有点勉强地说，"我想只要海面没有风浪，就不会出什么问题。不过，我们一定要在一个漆黑的夜里才可以行动。这两天一定不行，因为月亮太亮了，得下个星期。还有，你打算在哪儿登陆，头儿。"

"我看过地图，在岛的南端有一个河口，我们可以从河口直接过去，然后沿河上行，到达那个浅水湖。据我估计那里一定有他们的宿营地，因为那里淡水比较充足，并且能够顺流而下到海里捕鱼。"

克莱尔依然有点不放心："我们会在那儿待多长时间，头儿？我们可得多准备一点儿食物，还有面包和香肠。烟就不用了。一抽烟，烟头的红光一闪一闪的，很容易就会暴露我们。"

"如果事情进展顺利的话，三天内我们就可以回来。如果事情不顺利的话，我们可能就要多待一两天了。带两把锋利的猎刀和一支枪，就这样定了。"邦德说。

"好的，先生。"克莱尔没有再说话，邦德也保持沉默。就在这时，他们已经到了玛丽亚港。

穿过了一个小镇，汽车拐了一个弯，在路旁的一栋大房子前停了下来。这栋大房子看上去已经很旧了，周围很安静，没有一点儿声音。这就是克莱尔租的那栋大房子。从这里可以清楚地看到大海。邦德在房子周围绕了一大圈，感觉这栋房子确实不错。

进了房间之后，邦德打开了自己的行李，拿出一双便鞋穿上。吃早饭之前，他制定了一个作息表：七点整起床，二十分钟游泳，吃早饭，一个半小时日光浴，两英里慢跑，然后游泳，吃午饭，午休，日光浴，跑一英里，热水澡，按摩，晚饭，九点睡觉。

吃完早饭之后，他们开始按照这个表活动。

一个星期已经过去了，根本没有发生什么事情。只是，邦德收到了一份史密斯的电报。邦德在日报上看到了一条消息，消息是这样的：今天，在金斯敦通往蒙特哥的公路上，发生了一起非常严重的车祸。一辆大卡车撞上了在它前面行驶的一辆"山地阳光"牌汽车。汽车被撞毁，车上有两个人，一人当场死亡，另一人头部受重伤，已经被送往医院进行抢救，目前仍在昏迷之中，两人身份不明。大卡车肇事后，匆匆逃离了现场，现在正处于警方的追捕之中。这辆被撞毁的"山地阳光"牌汽车的车牌号为G56231。这辆车曾经被一个名叫詹姆斯·邦德的英国人驾驶过。目前，这起车祸仍在调查中。

史密斯电报的内容如下：水果有毒，小心食物。

克莱尔很疑惑，因为他对这两件事情一点儿都不知道，邦德赶紧把报纸和电报都烧掉了。他觉得根本没有必要让克莱尔知道这些事情，尤其关于车祸的事情。

买到船之后的三天时间里，他们一直都在海湾里试航。这条船是一只独木舟，用一根树干凿成的，灵巧的船身上有两个单人的座位，坐到里面很舒服，还有两把桨和一片小帆。克莱尔对这船非常满意。他高兴地说："头儿，有了它，我们只需要五六个小时就可以到达目的地了，够快吧。"

他俩准备晚上出发，现在是他们在这里待的最后一个黄昏了。天气预报说，今天天气非常好，也没有风浪。邦德很高兴，跟克莱尔一起，为出海做了最后的准备。

绚丽的晚霞渐渐消失在海水之中。房间里，邦德装好了手枪，顺便又带了二十发子弹。他从冰箱中取出一瓶酒和一杯水，走到阳台上坐了下来，一边喝着酒，一边等着天慢慢黑下来。

天越来越黑了，远处一点儿光都没有。港口的海风一阵阵吹过，带着浓浓的海水的气息，海浪拍打着暖色的沙滩，周围树影婆娑，沙沙作响。邦德一个人默默地坐在那里，一杯又一杯地喝着酒。他不明白自己为什么会这样。难道是因为要在黑漆漆的夜里渡过这三十海里恐怖的海面吗？是因为自己前途未知，命运难定吗？是因为那个总跟自己作对的诺博士吗？他陷入沉思。

克莱尔从远远的地方匆匆地走过来："头儿，我们可以出发了。"邦德一口气喝完了杯子中的酒，跟随克莱尔上了独木船。港口一切都很正常，海浪轻轻地拍打着海岸，发出沙沙的响声。他们都没有说话，周围一片漆黑，谁都不会看见他们。独木船悄悄地离开了港口，向茫茫的漆黑的大海驶去。

海面上风平浪静，海水柔柔的，和他们的身体亲密接触。邦德和克莱尔两个人轮流划桨，独木船像一条大鱼一样向前滑行。出了海湾之后，他们立刻把帆升了起来，这样船的速度就加快了。"头儿，太好了，现在我们可真的省劲儿了。"克莱尔高兴地低声欢呼。

邦德转过头，一句话都没有说。这时他们已经看不到港口和海岸了。邦德出了一口大气，把头放在船沿上，不知不觉就睡着了。

一阵海风吹醒了邦德，他不禁打了几个寒战。他看看手表，已经是十二点十分了。于是他伸了个懒腰，问克莱尔："对不起了，我的老兄，刚才我一不小心睡着了。你为什么不把我叫醒啊？"

克莱尔回答道："头儿，本来我想把你叫醒的。"这时他笑得露出一口白牙，在黑夜的映衬下微微反光："不过，我看见你睡得特别香，所以不忍心把你叫醒。"

轮到邦德划船了。他坐在船尾，看了一下船航行的方向，船是朝着正北方向前进的。克莱尔在船头上，头顶正好对着北极星，没过多长时间，克莱尔也睡着了，偶尔还可以听到他打鼾的声音。

几个小时过去了，他们仍然在黑暗中前进着，四周死一般的沉寂，偶尔会有几条鱼飞跃出水面。四点钟的时候，克莱尔被冻醒了，他伸了伸腰，往前面看去。

"头儿，我看到陆地了。"他兴奋地低声提醒着邦德。在星光的映衬下，蟹岛已经很清晰地出现在他们的面前了。邦德大致估计了一下，离蟹岛还有大约两海里，这时候两个人的精神一下子抖擞起来了。

克莱尔替换了邦德，自己去船尾划船了。他把船帆降了下来，这样就不会被岛上的雷达发现。离岸边还有一海里的时候，他们把船的速度降了下来，轻轻地划着船桨，尽量不发出一点儿响声。

现在，海岛就在他们眼前了。靠近岸边的时候一浪高过一浪，海浪把独木船颠得上下不停起伏。

"头儿，到了。"克莱尔轻声地说。

邦德点了一下头，什么都没有说。他已经疲惫到了极点。忽然一个浪打在船旁边的一块礁石上，这时浪花四处飞溅，海水从上面冲了下来，他们浑身上下都湿透了。

在黑暗中邦德很仔细地观察着周围，他发现不远处的岸边，到处都是嶙峋的乱礁，并且大部分礁石棱角尖锐如刺。他顺着礁石望去，看到了那条小河。他们立刻把船划进了河道。

河水很缓慢地流着，一两块大石头从河岸滑进水里。克莱尔很小心地划着桨，尽量避开河中的大石头。他们向前行驶了一段距离之后，立刻找了个隐蔽的地方，把船藏在了里面。

邦德竖起了耳朵，没有听见任何动静，于是起身上了岸，克莱尔紧紧跟在他后面。岸边上到处都杂草丛生，差不多与膝盖一样高。他们刚上岸，就听到"唆"的一声，两个人都吓了一大跳。克莱尔立刻拿出刀子，这时蹿出来一条水蛇。只是一场虚惊而已，两个人相视而笑。

邦德看了看手表，都已经五点了。黑夜马上就要过去了，得趁着天黑，赶紧找一个比较安全的地方藏起来，否则天一亮吃不了兜着走。

　　他们从一快巨大的岩石边绕了过去，很快钻进了一片浓密的丛林。不一会儿两个人拉开了距离，克莱尔走在前面，邦德紧紧跟随其后。走了一段距离之后，他们找到了一块大石头，躲在了后面。邦德在丛林里找来了很多干草，然后将其铺开，舒服地躺在上面，两只手交叉着很悠闲地枕在脑后面。过了十几分钟之后，两个人都不约而同地进入了梦乡。

第八章
哈 瑞 姑 娘

邦德醒了，觉得自己浑身上下都开始松软了，懒得不想动弹。他从脑后抽出一只手放在了旁边。手一接触到泥土，他马上反应过来自己在什么地方。他抬起手看看表，都已经十点了。太阳高高挂在天上，阳光透过树叶洒落在他身上。他突然觉得又渴又热，眼前总是来回晃动着一个细长的影子。"谁？克莱尔去哪里了？"邦德心里想着，于是慢慢地抬起头，透过树叶和草丛，朝河边看去。这时他一下子怔住了，两只眼睛瞪得跟探照灯似的，心跳和呼吸几乎要停止了。

他的眼里出现了这样的一幅景象：河滩上，站着一位美丽的裸体少女，背对着他。说她一丝不挂也不太准确，因为在她腰上还有一条很宽的皮带，在皮带上挂着一把猎刀，皮制的刀鞘紧紧贴着左侧的臀部，这时她那裸露的身体被后翘的臀部衬托得更加性感、迷人。她站在那里的姿势简直太美了，右腿支撑着身体的绝大部分重量，左腿微微地弯曲着，膝盖轻轻地倚着右腿。她歪着头，好像在看着手里的东西。

她的背有着迷人的韵味，皮肤就像细瓷一样细腻，更像是披上了一层滑腻的丝绸。她有肌肉很紧凑、很健美的体型，不像一般女人那样皮肤松软和缺乏魅力，倒更像一个还没有发育成熟的男孩。那两条修长的大腿，一条突兀地直立在地上，一条屈膝蹬在身后的沙滩上，显出一股暗香般的风骚。

她淡黄色的头发湿漉漉地披在肩上，头发上压着一根粉色的橡皮带，额头上还戴着一副蓝色的潜水镜。

这景色简直是太奇妙了：宁静的海滩上，蔚蓝的大海边，一位裸体少女正在低头沉思。这让邦德想起了维纳斯女神。他心中不禁自言自语道："嗯，太美了，从背后看，她简直就是维纳斯女神。"

"她是从哪里来的？怎么到这儿来了？来这儿干什么……"邦德心中泛起了很多疑问。他抬起头四下查看了整个海滩。海滩上什么都没有。在右边五百码以外是河流的入海处，左边是一小块沙丘，附近散落着大大小小、参差不齐的乱石。只见一只小船藏在乱石堆里，邦德心想也许是这个姑娘的船吧。邦德看了一下那条船，估计了一下，觉得不会很重，要不然就她一个人是没有办法抱上来的。"难道还有其他人？"邦德自言自语。他又很仔细地观察了一下，只是发现海滩上有一行脚印，一直延续到那姑娘的脚下。邦德心里很纳闷，一个女孩子为什么会独自一人跑到这种地方来？看上去她既不像家住在这里的岛民，也不像划船时迷失了航线的渔民。那她究竟来这儿干什么呢？

就在这时，那个女孩左手一扬，好像在回答邦德的疑问。随着她手挥动的方向，邦德发现在她身旁的沙滩上有十几个贝壳散落着。邦德远远地看出了那是一种淡红色的贝壳，好像没有什么特别的地方。女孩偏着头，看着右手上的一个东西，嘴里吹起了欢快的口哨。邦德听出了她吹的曲子叫什么名字——"马里恩"。这曲子在牙买加当地很流行，邦德非常喜欢。它的歌词大致为：

无论白天，无论夜晚，马里恩，
坐在海滨的沙滩上……

突然间，她两臂向上一抬，打了一个小呵欠，停了一下之后，又接着吹了起来。邦德心里很喜欢，抿了一下嘴唇，跟着曲子放声唱起来：

她那如水的眼波能荡起小船，
她那浓密的头发能引来小羊……

女孩大吃一惊，两只手像闪电一样缩回去，赶忙捂住胸口，背上的肌肉不住地颤动。

"谁？"她猛地把身体转过来，两只手已经不再遮挡胸部，一只手掩着下面，另一只手遮在脸上，指缝间的眼睛流露出惊恐和不安。她的声音明显带着紧张，因为她一直在发抖。

邦德从丛林中探出头来，双手举过头摇摆着，表示他没有武器，然后很友好地冲着她笑了笑："我是非法闯入的，但是我不会伤害你的。"

她把遮掩脸的那只手移开，另一手紧紧地抓住猎刀的刀柄。于是她整个脸都显现出来。邦德惊呆了，暗自惊叹她的美丽。她长着一张非常漂亮的脸蛋，长长的睫毛，蓝色的大眼睛在阳光的映衬下显得格外明亮。由于惊吓和恐惧，她嘴巴用力咬着两片鲜艳的嘴唇。"那两片嘴唇如果松开，一定很丰满。"邦德想。看上去她好像很生气，下巴有点微微翘起，有点傲然而不可侵犯。唯一让邦德感到遗憾的是她的鼻子——鼻梁有一点歪，好像受过伤，不过即使有一点儿残缺，她依然是一个难得一见的大美人。

她蓝色的眼睛瞪得大大的，看着邦德，大声问："你是什么人，到这里来干什么？"

"哦，忘记自我介绍了。我是英国人，鸟类爱好者。"

"哼，鬼相信，"她根本不相信，刀柄仍然死死地握在手中，"你到这里来干什么，是不是一直都躲在那里偷看我？"

邦德很无辜地说："我就看了你几分钟而已。"他整整衣服继续说："至于我是怎样来这儿的，来这干什么……你必须告诉我，你是谁，我才能回答你。"

"牙买加人。来这儿采贝壳。"

"我划小船来到这里的。你呢？"

"一样。你的船呢，怎么没看见啊？"

"我还有一个同行的朋友，我们刚才把船藏在丛林里了。"

"可是我怎么没看到有船拖过的痕迹？"

"我们比较小心，把所有的痕迹都抹掉了。哪儿像你……"邦德指了指她藏在那堆石头里的船，"你这样不小心，会惹祸的。你有帆吗？来这儿一直扬着帆？"

"有帆干吗不扬！我每次来这儿都是这样。"女孩耸了耸肩。

"他们的雷达肯定发现了你。"

"他们不可能找到我，绝对不可能。"她的手开始从刀柄上松开了，于是她取下潜水镜，把水甩干了。她觉得邦德不像坏人，所以声音也开始变得温和一些了。

"你叫什么名字？"

"詹姆斯·邦德。你呢？"

"我姓赖德。"

"叫什么？"

"哈瑞。"

邦德一边把手插在裤兜里，一边呵呵地笑了。

"你为什么笑？"

"不为什么啊，我觉得哈瑞·赖德，这个名字很好听。"

"大家都叫我哈瑞。"

"很高兴见到你，哈瑞。"

突然，她意识到自己身上没有穿衣服，脸羞得一下子红起来，很不好意思地说："我得去穿件衣服。"她看看散落在沙滩上的贝壳，很想去捡它们，可是现在她什么都没穿，也不敢把手从下部移开。她犹豫了一会儿，冲着邦德说："我不在的时候，你最好别动我的东西。"

女孩说话时的神气就像孩子一样，邦德被她逗得笑着说："你放心吧，我不会要它们的，现在只是替你照看一下。"

她特别不放心地看了邦德一眼，转身朝那堆乱石后面跑去。

邦德看了看沙滩上散落着的贝壳，于是走上前去，弯下身子捡起一只比较好看的贝壳，仔细看看，发现它是活着的，两片粉红的壳闭得严严实实的。邦德把贝壳拿在手上，仔细地打量了一会儿，感觉它同别的贝类一样，就又索性把它放回了原处。他站起身来，看着脚下的贝壳，实在想不通女孩为什么会冒险来采这些东西。她单独一个人，也不怕有危险。邦德想起她说的一句话："他们不可能找到我。"这样看来，她很明白这里有危险。这真是一个不可思议并且爱冒险的女孩。

刚才女孩裸体的一幕又开始在邦德的眼前萦绕，这时邦德不禁心猿意马。无论男人多镇定，在那种情形下也不可能无动于衷。她曲线毕露，四肢健美，眼睛明亮健康，嘴唇润泽性感，虽然鼻子有点歪，但是丝毫不会影响她的美丽。她生气时握着刀就像是一只受到惊吓的小松鼠，浑身上下透着一股神秘与野性的魅力。

"她到底是谁？父母是哪儿人？住在哪里？为什么她会像一只无家可归的流浪狗？"邦德心想。

邦德听见女孩的脚步声，于是抬起头。女孩的身影展现在他的面前：一身破烂不堪的衣服，已经被刮破了的、褪了色的棕色上衣，裙子很短，刚刚过膝，裙子上依然束着那条宽皮带，上面还挂着那把猎刀，一只帆布袋搭在肩上。邦德都不敢相信自己的眼睛，这女孩就像传说中的女强盗一样。

她大步流星地走到邦德跟前，迅速蹲下去，一条腿跪在沙子里，把贝壳捡到她的包里。

邦德看着贝壳，问："这些东西对你来说很珍贵？"

她抬头看看邦德，想了一会儿，说："你发誓，不告诉别人这件事情，我才把一切都告诉你。"

　　"我发誓，你说吧。"邦德回答。

　　"好，那我告诉你，它们的确很珍贵，珍贵极了。在迈阿密，一只好的贝壳能卖到五美元，所以我就专门把这些贝壳拿到那里去卖。那里的人称这种贝壳为'高雅的维纳斯'，"说到这里的时候，她的眼睛闪闪发光，"我找它们已经找了很久，今天早上终于让我找到它们了，这一片是它们栖息的海床。"她伸出手向海里指了一下。"不过，你肯定找不到它们，因为那里的水很深，你根本无法下去，"她很高兴，继续说，"而且今天我要把它们全部都弄走，就留下一些没有人要的贝壳，即使你下去了也徒劳。"

　　邦德哈哈大笑，都有点喘不过气来："你放心好了，我是不会那样做的。至于你的贝壳，我根本不感兴趣。"

　　捡完贝壳后，女孩站起来，问邦德："你刚才说你是鸟类爱好者，你找的鸟是什么样的？跟我的贝壳一样珍贵吗？你告诉我，我保证不会告诉别人，我对你的鸟也根本不感兴趣。"

　　"篦鹭，你见过吗？"邦德挑了一下眉毛，"鹤鸟的一种，淡红色，扁扁的嘴巴。"

　　"啊，那种鸟啊，"她显得很高傲，"过去的时候，这里至少有上千只这种鸟，不过，现在连个鸟影子都没有了，都让人给赶跑了。"她坐在沙滩上，双手抱着膝盖，有一点儿什么都懂的样子。现在她已经完全消除了对邦德的戒心，没有提防这个陌生男人的意识了。

　　在离她不远的地方，邦德也坐下来。他放松了身体，双手托住下巴，摆出一副很随和的样子，使他们之间的气氛尽量缓和，以便可以进一步了解这女孩。他看了女孩一眼，说："是吗，你说的这都是真的吗？到底发生了什么事？为什么人们把它们赶跑了？"

女孩把肩膀一耸，很无奈地说："住在这个岛上的一些人把鸟都赶跑了。我也不太清楚他们是什么人，只听人们说有一个中国人，他不喜欢这些鸟。他养了一条龙，想让龙出来把鸟都赶走，结果鸟都给吓跑了，最可恨的是他连鸟窝都不放过，都放火给烧了。以前这里有几个人经常和鸟住在一起，照看它们。但是后来，他们也被龙吓跑了，有的人说是被杀了，我也不知道。"

她眼睛一直望着大海，很平静地讲述着这段故事，脸上露出一丝茫然。

邦德问："你说的那种龙是什么样子？你见过？"

"嗯，我见过。"她眯起了眼睛，显得有点痛苦不安。她把头转向邦德，好像想让邦德跟她一起分担这种不安。"一年前我经常到这儿找贝壳，我只想要这些贝壳，别的我都不感兴趣。但是直到上次来的时候，也就是一个月之前，我才发现了这里有很多珍贵的贝壳。"她停了一下，继续说，"圣诞节前夕，突然我想到这条河来找找，于是我就沿着河一直往下走，走到河的源头，也就是那几个养鸟的人以前住的地方。我往那里一看，发现他们住的帐篷都已被毁坏了。当时天色已经很晚了，我只好留在那里过夜。到了半夜的时候，忽然间我醒了，离我只有几十米远的地方，一条龙正在朝我走来。月光底下我清楚地看到它的眼睛很大，嘴像恐龙一样，尾巴跟蜥蜴的差不多，两只翅膀又小又短，身上的花纹黑黄相间。它一边朝我走过来，一边发出恐怖的声音。林子里的鸟都被它吓得到处乱飞。忽然，从它的嘴里喷出一团火球，随后许多鸟被烧死了，旁边好多树都被烧着了。我还是头一次看到这样可怕的场景，当时我简直被吓坏了。"说完，她转过身，看着邦德，然后又转身一动不动地望着大海。"我知道你肯定不相信我所说的话，"她生气了，声音有些激动，"你们这些城里来的人，对什么都不屑。算了，不说了！"

邦德很耐心，解释说："哈瑞，这个世界上根本就没有什么龙。你看到的只不过是一种跟龙长得很像的动物。我倒很想知道它是什么东西。""你怎么就知道这个世界上没有龙？"邦德刚才的话有点激怒了她，"过去这个岛从来没有人住过，没准还就是比较适合龙的生长呢。再说了，你只是鸟类爱好者，你对动物界的事情知道多少呢？我可是从小跟动物一起长大的。我问问你，你见过螳螂交配后，雌螳螂吃掉雄螳螂吗？你见过很多獾一起跳舞吗？你见过猪鱼跳舞吗？你知道火烈鸟的舌头有多长吗？你见过小蛇用脖子摇铃铛吗？你见过蝎子中暑后把自己蜇死吗？你见……"她提出了一连串稀奇古怪的问题，问得邦德一头雾水。她盯着邦德，长叹了一口气，有些失望地说："唉，你们这些城里来的人，就是什么都不懂。"

邦德笑笑说："哈瑞，我承认在城里我没有遇到过你说的这些事情，我很高兴你能告诉我这些。不过，也许我知道的一些事情你不一定都明白，比如……"邦德想了半天，也没有想出任何有趣的事情讲给她，只好随机应变转到别的话题上，"比如岛上的那个中国人对你一定很感兴趣，现在他一定正在想办法把你留在这岛上，而且，"他语气加重，"说不准会把我也牵扯进来。"

　　他的话让女孩非常感兴趣。她转过头，眨着眼睛，半信半疑地说：
"哦，是真的吗？不过要是真的也没有关系，以前的时候他也派飞机
和狗来追我，结果他根本拿我没办法，他别想抓住我。"她又看了邦
德一眼，"为什么他要抓你？"

　　"在岛上的任何人他都要抓，不管是谁。"邦德回答，"告诉你吧，
离这儿还有两海里的时候，我们就把船帆收起来了，这样他们的雷
达就不会发现我们。我想，那个中国人可能正在等着我自投罗网呢，
今天却遇到你张着帆的船，大摇大摆、肆无忌惮地开进去，你这不
是明摆着给他们送信吗？现在，他们肯定把你的船当成我的了。我
最好还是把我的朋友叫过来，一起商量商量。不要害怕，你一定会
喜欢他的。他叫克莱尔，家在鳄鱼岛。"

　　她很内疚，说："不好意思，要是……"忽然她不说话了，也不
知道该如何表达，也不愿意当面跟邦德道歉，"不过，这一切我也不
知道啊，对吧？"

　　她的蓝眼睛胆怯地望着邦德，邦德笑了，说："不怪你啊，当然了，
你怎么会知道呢，要怪也只能怪你今天不走运。我想一个采贝壳的
小女孩，他们是不会对你有什么企图的，但是他们可以从你留下的
脚印中找到一些线索。"于是他朝海滩上一指，"而我，他们可能会
有其他的想法。说不定现在他们正想找到我呢，我不想连累你。不
管怎样，我们现在还是先把克莱尔找出来，看看他会想出什么办法。
你在这里先等一会儿。"

　　因为克莱尔藏身的地方很隐蔽，邦德差不多找了十分钟，才发
现他躺在一片草丛中的两块大石头间，呼呼大睡。听到旁边有声音，

克莱尔很警觉地睁开眼睛，看到邦德正在朝着他傻笑。他一骨碌翻身爬了起来，两只大手揉着眼睛，像是小猫在洗脸一样。

"头儿，早上好啊。"他很高兴地说，"刚才我做了一个梦，梦到我正在给那个中国女郎一点儿颜色看呢。"

邦德笑着说："我可没时间做你那样的梦。"说完就在克莱尔身边坐了下来，简单地跟他讲了一下哈瑞的事情，"十一点了，"他强调，"我们现在要马上改变一下计划。"

克莱尔没有明白，用手挠了挠脑袋，斜着眼睛看了看邦德说："头儿，你的意思是一并连那个女孩都带上？可是现在……"突然他停止了说话，竖起手，示意邦德别说话，他好像听到了什么。

邦德立刻屏住呼吸，隐约听见一阵"嗡嗡"的声音从很远的地方传了过来，克莱尔大吃一惊。"头儿，快，"他催促着邦德，"准备迎敌。"

第九章
幸 免 于 难

　　海浪一次次慢慢地向沙滩涌来，拍打着不远处的礁石，然后又慢慢地退下去，只留下湿湿的一片。海湾里空无一物，甚至连沙滩上都没有脚印，一定是克莱尔用树枝把它们扫掉了。虽然树枝扫过的地方依然可以看出痕迹，但是只要站在远处，便看不出有丝毫异样了。哈瑞也已经将自己的小船用大量的海草和浮木掩盖好，藏于岩石中。所有人都各就各位了，克莱尔依旧回到大石头中间躺着，邦德和哈瑞则躺在邦德最初藏身的那片树丛里。这里可是一个十分理想的望风点，只要有船从河口那边的拐角处经过，他们总能第一时间看到。

　　远处传来了一阵嗡嗡声，邦德仔细地听着，估计一艘汽艇就要开过来了，而且从声音上判断，它此刻在四分之一英里以外的地方。渐渐地，引擎声弱了下来，或许它在搜索那边海岸的一些情况。邦德认为，这是一艘马力十足的汽艇，但不知道汽艇上有多少船员，谁在指挥，会不会是诺博士本人呢？当然，他还犯不着亲自参加这种搜索工作。

　　西边飞过来一群海鸟，它们紧贴着海面低低地向前飞行着，最后在一片礁石上落住脚。邦德看着它们，它们是当地的鸬鹚。这是他第一次看到鸬鹚。不久，这些鸬鹚向后退了退，像榴弹一样，纵身跳入水中。就在这个时候，西边又出现了一群，它们列队并排飞了进去。这时，那位姑娘用肘轻轻地碰了一下邦德，对他打了个手势，说："那个华人的母鸡找到吃的了。"

邦德看着她那张漂亮的脸蛋，她的表情给人一种无忧无虑的感觉，好像并不担心将要发生的事情。此时的她就好像在玩小时候的捉迷藏游戏。当然，邦德希望即将发生的事不会把她吓坏。

就在这时，远处汽艇的声音渐渐变大了。邦德确定，汽艇或许已经开到河口拐角处的后面了。邦德用最短的时间将整个海湾最后环视了一遍，然后就一动不动地藏在树丛里，眼睛眨都不眨地盯着河口的那个拐角。

突然，从拐角的后面冲出一艘汽艇，先是白色的船头，紧接着就是艇身，大约有十几米长。甲板上什么都没有，驾驶舱上却立着一根电杆。邦德透过前面的挡风玻璃，看到了里面的驾驶员。船的尾部有一行十分醒目、用红油漆写的字："改装型鱼雷艇"。这是英国政府的剩余物资，真不知道他们是从哪儿弄来的？

船尾站着两个人，他们都是黑白混血儿。上身穿着黄色的衣服，腰里系着一条宽皮带，头上还戴着一顶黄色的棒球帽。这两个人分别站在船的两侧，身子随着艇身上下起伏着。其中一个的手上有一只黑色的话筒，话筒上还拖着一根电线。另一个家伙将一架机关枪支了起来，枪口瞄准了海滩。

拿着话筒的那个家伙将话筒上的电线挂在脖子上，然后拿起一副望远镜，向岸上望去。有时他还会和另一个家伙谈上几句，可惜邦德听不清他们的谈话内容。

邦德全神贯注地盯着那副望远镜的移动情况。只见它最先对着的是河口那块突出的地方，然后慢慢地向自己这边移动。当那个望远镜移到那片礁石处时，它停了一会儿，然后又继续移动。两个家伙继续嘀咕了一阵子，但是邦德仍然什么都没听到。不久，只见支着机关枪的那个家伙也拿起望远镜，向那片礁石处看了一会儿。然后，拿话筒的那个人转身对着驾驶舱大喊了一声。于是，汽艇便在那片礁石前停了下来。那两个人又把望远镜拿了起来，仔细地观察着那片礁石。他们一边说着什么，一边不住地点头。

事实上，哈瑞姑娘的小船正藏在那堆礁石里。此时邦德心跳得很快，他心想：真糟糕，这些家伙搞搜索可是很有一套的。

这时，邦德看到那个端着机枪的人把枪栓一拉，很明显，他已经往膛上推了子弹。

而另一个家伙则举起话筒大声喊道："喂，伙计，快出来，我们看到你了。出来吧，我们不会伤害你的。"

邦德一听这人喊话的声音，就知道他是受过训练的，因为带有十分重的美国口音。他的喊话声回荡在整个海湾上空。

"赶快出来，快点！我们知道你躲在哪儿，我们早就发现了你藏在水草下面的那条小船。以为我们是傻瓜吗？你骗不了我们的。快出来，不要害怕，把手举起来，慢慢走出来，我们便不会伤害你。"

这个人喊完话，海湾上又重新恢复了平静，邦德又可以听到海浪拍打在沙滩上的声音了。这时，他伸出手轻轻地拉了拉哈瑞的衣裳，低声说："靠拢一点儿，不然目标太大。"小姑娘慢慢地向他靠拢，然后把脸贴在邦德的手臂上。

"快！往沙子里钻，快点，越深越好。"邦德低声说道。说着，他便使劲扭动全身。由于那里的沙子很松，他的身体很快就陷了进去。哈瑞也学着他的样子扭动着身子。现在，邦德已经躲在沙子里观察外面的动静了，而他眼前所看到的只是海湾对面的一片高地。

就在这时，洪亮的喊话声又响起来了："喂，快出来，再不出来我们就不客气了。"话音刚落，海滩远处的一片高地上便响起了一连串威胁的机枪声。

当枪声停止时，邦德稍稍抬起了头，看见他们正对着藏船的地方指指点点，嘴里还叽里咕噜地说着什么。然后，机枪的枪口换了个方向，另一个家伙把话筒拿了过来。

"喂，刚才的枪声是对你们的警告，如果再不出来，那我们可就动真格的了。"

邦德悄声对哈瑞说："不要动，哈瑞，顶住，再趴低点，很快就会过去的。"邦德感觉到可怜的哈瑞正在发抖，他心想，这个小姑娘真是可怜，被我连累了。于是他伸出右手，爱惜地在哈瑞的头上摸了摸，然后又把脸埋进了沙里。

这帮家伙真的动真格的了，他们向四周疯狂地开火，有些子弹直接打在他们前面的那片礁石上，溅起许多石块。一阵枪声过去了，邦德想，这帮可恶的家伙很快就要扫射到他们周围了。他感到哈瑞此刻抖得更加厉害了，于是伸出手将她紧紧地搂住。

这时，枪声又响了起来，子弹打到的地方，距离他们越来越近了，就落在前面的沙滩上，打得沙砾四处飞溅，然后在他们眼前纷纷落下。子弹将一片草地扫平了。邦德担心这样下去会暴露自己和哈瑞姑娘的藏身之处，而此时的枪声已经持续了整整两分钟了。

哈瑞的身体突然轻轻地扭动起来，邦德则用力按住她，示意她不能这样做。

就在这时，喊话声再一次响了起来："喂，你们听着，我们现在就回去把狗带来，让你们尝尝我们的厉害。等着吧，好戏就要开始了。"

说完，他们便发动了汽艇的引擎转头而去，后面掀起一道白色的浪花。几分钟后，汽艇就消失在远方了。

邦德慢慢把头抬起来看了看外面的情况，海湾四处都很平静，但是空气中似乎弥漫着一股强烈的火药味。他把哈瑞拉了起来，此时的哈瑞惊魂未定，泪水止不住地往下掉。"太恐怖了，这些人为什么这么凶啊？我们差点就死在他们的枪下了，太残忍了！"

邦德温柔地看着她，心想：这个姑娘真是天真无邪，丝毫不懂得如何保护自己。她只是对自然界十分了解，熟悉花、草、鸟、兽、鱼、虫，知道太阳、月亮和星星，但是对于人的世界，她却一无所知。她根本不知道这个世界充满了恐怖、凶残、厮杀和邪恶，而且她还不知道，对于大多数人来说，为什么这个世界变成了一个大赌场，只有拼命下赌注才能够赢得权力和金钱。她更不知道，此刻自己已经身处险境，是否能平安回家还是未知数。

想到这里，邦德感到十分内疚，他认为是自己连累了这个单纯无邪的小姑娘。于是安慰她说："亲爱的哈瑞，不要紧张，也别害怕，他们只是在虚张声势。放心吧，我已经想好对付他们的办法了。"说着，邦德搂住了她的肩膀，夸奖道："你让我对你刮目相看，真是好样的，你是我见过的最勇敢的女孩。走吧，我们去找克莱尔，然后商量一下下一步的行动。而且，我们现在也应该吃点东西了。平时你到这儿来，如果饿了都会吃些什么呢？"

哈瑞仍然哭个不停，而且哭得更伤心，过了许久才平静下来，然后哽咽地说道："这里可以吃的食物很多，到处都是海胆和野香蕉。虽然我每次到这里来只待两天，但是我从来都不带食物，就在这里找东西吃。"邦德表示理解地用力搂了她一下。

当他们与克莱尔会合后，三个人便一起去检查哈瑞的小船了。藏在水草下面的小船已经被那伙人打得粉碎，弹孔累累。看到自己的小船这般模样，哈瑞再一次伤心地哭了起来。她几乎绝望地看着邦德，哭着说："没有船，我回不去了！"

"哈瑞小姐，请不要难过。"克莱尔安慰她。作为本地渔民，克莱尔此刻比邦德更理解哈瑞的心情，他知道，船对于渔家女是何等的重要，它甚至可以看作她的生命。克莱尔说："你放心，这位先生一定会给你买一条新船。我们的船没坏，你可以先坐我们的船回去啊。"说完，克莱尔转身看着邦德，十分焦虑地说："头儿，我们必须尽快离开这里。那帮可恶的家伙很快就会回来的。他们如果真的带狗来了，那我们真是插翅难飞了。我们得赶快想一个好办法。"

"说得没错，克莱尔，但是你想让我们饿着肚子逃跑吗？而且，我们既然来了，就得把岛上的一些情况调查清楚，难不成真的被他们吓得落荒而逃吗？当然，我们可以将哈瑞带在身边。"他转身看着正伤心的哈瑞，问："你愿意留下来和我们在一起吗？你丝毫不用担心，我们会把你安全送回家的。"

哈瑞满脸疑惑地看着邦德，说："看来只能这样了，况且我的船已经烂得不成样子了，我也只好和你们在一起。但是，我现在一点儿胃口都没有，什么都不想吃，只想早点回家。你们能早点送我回家吗？你们需要多长时间调查那里的情况啊？"

邦德回答："不用多长时间，我看一眼那儿的情形，就可以离开了。"说完，他看了看表，"现在是十二点，哈瑞你在这儿等着，把脸上的泪擦擦，洗个脸，千万不要到处走动，更不要留下脚印。克莱尔，我们现在去把船安顿好吧。"

很快，所有的事情都处理完毕了。他们回来找到哈瑞，一起吃了点儿东西。大约一点钟的时候，他们便离开了这块沙滩。当他们走出三百码远的距离时，发现前方是一片浅水滩。于是他们涉过浅水滩，沿着河岸向上游走去。

此时的气温不怎么好，虽然常常有海风吹过，但都是热风，让人闷得难受。克莱尔说这个地方一年四季都吹这样的风。不久，他们三个人就热得汗流浃背，像离开水的鱼，没有活力。因此，他们中没有一个人愿意在这里多停留一分钟。

他们穿过一片小沙洲，便来到一片又长又深的河湾。如果要蹚过去，那身上就会被弄湿，但是他们只能这样做。邦德转身对哈瑞说："亲爱的哈瑞，这个时候就不要再顾虑什么体统问题了，为了不把衣服弄湿，我们必须把衣服脱掉。如果你要是感到难为情的话，那你可以走在最后。"说完，两位男士便开始脱裤子了。克莱尔将自己脱下来的衣服卷好，与邦德的枪一起，塞进了帆布包里。然后，三个人便跳进了水里。克莱尔在前面开路，走在中间的是邦德，哈瑞则跟在最后。河水的深度大约到腰的部位。他们涉水惊动了水里的一条大鱼，大鱼一跃而出，高高地跳出水面，落下去时溅起一大片水花。"是海红！"克莱尔惊喜地大喊道。

他们继续向前走着，但是越往前走，水面就越窄。河湾的尽头就好像一条长长的玻璃瓶口，两岸的大树交叉着搭在水面上，好似在水中建起了一条狭长的隧道。由于阳光照射不进来，所以这一小块地方的水未受热，很清凉。当三个人走进这条"隧道"时，都感到一阵清爽。在这段阴凉的"隧道"后面，河道又变得开阔了，但是他们感到脚下好像变成了一个深深的淤泥潭，踩下去脚就会陷到里面，半天拔不出来。好不容易把脚提起来，却又带上来一股腐烂的臭味。就在这时，成群结队、密密麻麻的蚊子向他们扑了过来——这个地方的蚊子比较特别，它们好像特别喜欢邦德。克莱尔告诉他，把身子向下蹲，尽量让水大面积地浸湿身体，这样一来，蚊子就不会咬了。邦德按照他说的试了试，果然灵验。

现在，河床越来越宽了，两岸的树也渐渐少了，水流变得很弱很小，于是他们在前方一个转弯的地方上了岸。三个人面前的这片地很开阔，根本没有藏身之处。

哈瑞指着这片开阔的地方严肃地说："从现在开始，大家要万分小心，这段路整整有一英里长，是最容易暴露目标的地带。所以我们要处处谨慎。当我们走过这段路，也许就安全一些了。我记得前面还有一条窄窄的河道，一直延伸到一个湖边。湖边有一块大沙地，那里曾经住过两个养鸟的人。"

他们来到一片树丛下，向外面观望着。这条河流弯弯曲曲的，两岸是茂密的竹林，这可是个很好的藏身之处。河西岸的地势渐渐升高，直到与两英里以外的一个陡峭的山崖齐平。在山崖上面，有一座塔形的小丘，旁边还有一座半圆形的铁皮房子。从远处望去，那里隐隐约约有一条发亮的"之"字形东西一直通向山后，邦德猜测那或许是一条架空索道。塔形小丘的顶端是白色的，好像铺了一层雪似的。在小丘的后面，升起一股浓烟，慢慢地、直直地升到空中散开了。铁皮房子上有许多不断移动的小黑点，远远望去就像一个蜂巢。

邦德暗自想，看来这里就是诺博士的小王国了，自己还是第一次看到这种特殊的"王国"。邦德一边观察着周围的地形情况，一边在心里琢磨一些方法，以便可以更好地接近这个神秘的"王国"。

突然，克莱尔的一句话将邦德的思路打断了。克莱尔说："注意！头儿，有敌情！"邦德顺着他的视线望去，看见一辆从山上开下来的卡车，卡车扬起了漫天的尘埃。邦德一直看着这辆卡车开进河流尽头的那片树林里。过了一小会儿，远处传来了一阵狗叫声。

克莱尔继续说道："头儿，那帮可恶的家伙会沿着河流搜索过来的。这些人并不是笨蛋，他们能够想到，只要我们还活着，就一定会顺着河逃跑。他们已经在海滩上看见被打坏的那条船，现在他们真的带狗来了，我想我们是跑不掉了。"

听到这里，哈瑞轻声地说："从前，我也被他们这样追过。而我对付他们的办法很简单，我们每个人只要找一根竹子就可以了。"邦德疑惑地看着哈瑞说："竹子？""当他们追上来时，我们就潜到水底，然后用竹子呼吸，等他们走了再出来。"哈瑞自豪地解释道。

邦德顿时明白了竹子的妙用，笑着对克莱尔说："这真是个好主意，快，你去砍三根竹子，我和哈瑞去找一个适合潜水的地方。"

对此克莱尔却半信半疑。但他还是向上游的一片竹林走去。

邦德尽量使自己的目光放在别的地方而不看哈瑞。哈瑞因此显得很不高兴，气愤地说："喂，你干吗这么躲着我啊？你刚才不是说这种时候什么都不必介意吗？"

邦德回过头看着哈瑞，她的衣服被河水浸透了紧紧地贴在身上，身体的曲线也因此清晰地显现出来。而美丽的哈瑞也正看着邦德，并且露出甜甜的笑容。此时的哈瑞是如此娇艳动人，甚至连她那只有点歪的鼻子都显得十分可爱。

邦德仔细地打量着眼前的这个可人儿，然后便转身向下游走去，哈瑞紧紧地跟随其后。

邦德选中了河湾旁一棵大树下的地方，那里的水看上去比较深。他告诉哈瑞："千万不要碰断树枝，"于是他俩低着头下到了水里。这里的水大约有十码宽，水下则是流沙，踩上去软软的，很舒服。河水流动得很缓慢，水面则泛着棕色。邦德将身子站稳，哈瑞也紧贴在他身边站着。过了一会儿，哈瑞颤抖地说："这里是最好的藏身处。"

"是的。"邦德虽然这么说，但是他心里有些担心他的枪。但愿它在水里浸上一会儿之后还能打响。如果最后真的被发现了，这件唯一的武器还能派上用场。想到这里，邦德又有一丝不安。一旦战斗打响，身边这个可爱的姑娘就是一个累赘，而对于敌人来说，仅仅是多了一个射击的目标。

这时，邦德感到口干舌燥，便捧起河水喝了一口，很解渴，于是还想再喝上一捧。就在这时，哈瑞一把拉住了他，阻止他喝水。"这里的水不能多喝，只能用它漱漱口，然后马上吐掉，不然你会中毒的。"

邦德虽然有些不相信，但还是照着她的话放掉了手里的水。

远处响起了克莱尔的口哨声，邦德也回了一声口哨。这可以算是他们的暗号了。很快，克莱尔出现了。他为每个人找了一根很合适的竹子，三个人试了一下。邦德又把身边的情况检查了一遍，然后他们就一动不动地在水里站着，这样就不会把脚下的泥沙搅起来。

阳光透过树叶的缝隙洒在水面上，水底的小鱼不时在他们的脚上乱撞。四下里寂静极了，甚至连空气都紧张得好像凝固了一样。

突然，远处传来了汪汪的狗叫声，越来越响……

第十章
救命竹子

　　果然，从河道上走来了两名搜索队员。他们走得很急，好像有什么紧急的任务一样。一群狗在他们前面领路，狗也跑得很快，使他们一路小跑地跟在后面。这两个家伙都是混血黑人，身材高大，体格健壮。他们上身没穿衣服，但肩上挎着枪。这两个人一边走，一边在争论着什么，有时还会骂出几句粗话。

　　"他妈的，我想那或许只是一条鳄鱼。"走在前面的那个家伙大声嚷着，手里不停地挥动一条短鞭，偶尔还像牧民那样打几声响鞭。

　　另一个家伙小跑着追上来，气愤地大喊道："怎么会是鳄鱼呢，那明明是人啊，绝对是人，我敢用我所有的财产跟你打赌！他刚才一定是在树丛里躲着装死，真不知道他妈的这会儿他跑到哪儿藏起来了。小心点吧伙计，别被那个可恶的家伙偷袭。"说着，他把枪端了起来，食指扣住扳机，做好了随时射击的准备。

　　不久，他们便走进了那个掩盖在树荫下的狭窄的河道。前面的那个家伙嘟起嘴，打了一个又长又响的口哨。听到哨音，他们的狗立即停了下来，东闻闻西闻闻。而这时，那两个家伙紧紧握着枪，沿着河边慢慢搜索着，他们的眼睛不停地转动着，但从他们的表情上可以看出，他们是十分害怕的。

就在这时，前面的那个家伙已经来到了邦德下水的地方。他把一条狗牵了过来，让它从自己这边游到对岸去，而他自己则死死地盯住对面树丛里的情况，然后再从河湾的另一头走到河湾尽头。这个过程都没有发现什么情况。但是他好像很不甘心，又回过头看了一圈，然后才跟在狗的后面走了出去。

而第二个家伙早已从那段狭窄的河道走出来了，他正在外面等着。当两个人会合后，都对彼此摇了摇头，示意没有发现什么情况，然后就继续顺着河床向下走去。那些狗不停地喘着气，显然没有刚开始时那么兴奋了。

不久，狗叫声和脚步声越来越轻，最后消失在远处。

大约又过了五分钟，水面上基本没有什么动静了。而一根竹竿慢慢地从水面冒了出来，紧接着，邦德露出了他的脸，湿漉漉的头发覆在前额上，活像一个水怪。他的右手握着枪，一旦出现敌情就准备射击。邦德竖起耳朵仔细地听着周围有没有什么声音，但是此时的四周却是死一般的寂静，一点儿声音都没有。

"啊，不对劲儿，好像有声音。那是什么声音呢？难道搜索队的后面还有人？他们是第二搜索队？"邦德心想。于是他一边侧耳细听，一边用手碰了碰还在水下潜伏的两个人。接到暗号他们俩一齐露出头来，邦德则立即在嘴唇上竖起一根指头，做了一个不要出声的动作。但是，邦德的这个动作还是做得晚点，克莱尔刚把头露出水面就咳个不停。邦德愤怒地瞪了他一眼。于是克莱尔强忍着咳嗽，与邦德一起仔细听着周围的动静。但是他们还是什么都没听到。又过了一会儿，远处传来一阵急促的涉水声，听声音好像正在向邦德这里走来。三个人赶紧又咬住竹竿，小心地潜回了水里。

　　邦德躺在水里，头下枕着一片淤泥。他的嘴里叼着竹竿，左手按住鼻孔。想起刚才搜索的情景，尤其是那条狗跳进水中，从他们身边游过的时候，他紧张得心脏都要跳出来了。当时他屏住了呼吸，就怕被那条讨厌的狗察觉，嘴里的竹竿似乎都要被他咬坏了。当然，值得庆幸的是，他们没有被发现。但是谁都不能保证逃过第一次，以后就不会有危险，不会被发现了，因为这个时候的水面，已经被他们的举动搅起的泥沙弄得浑浊不堪，这样很容易引起那帮可恶的家伙的怀疑，如果招惹他们向水里开枪，或者用带尖的什么东西向他们这边乱扎一气，那他们可就惨了。于是邦德横下心来，无论是谁，只要他向自己这边靠近，或者对自己发动进攻，他都会抢先行动，马上从水里站起来，开枪把他撂倒。

　　想到这里，邦德感到更加紧张，全身都有些发抖，但是精神却高度的集中，时刻准备着应付突发状况。他的呼吸很急促，水底的一些小鱼不停地在他身上啄来啄去，令邦德疼得难受，但他还是庆幸哈瑞提出了这个办法，否则，他们这次真的是在劫难逃，也许已经成了狗嘴下的猎物。

　　突然，邦德心中怦的一跳，他的小腿被一只水靴踩到正在向下滑。这是怎么回事？有人经过这里？噢，上帝保佑，愿这个讨厌的家伙能够将我的腿当成一段树枝，邦德这样安慰自己。然而事实上邦德已经顾不得想那么多了，也顾不上忍受被踩的疼了，他要按自己之前的想法对付这个踩到自己的家伙。于是他的身子向一旁移了一下，吐掉嘴里的竹竿，猛地从水中站了起来。

　　而在邦德刚才藏身的地方站着一个身材高大的家伙，邦德刚一露出水面，那个人便立即将手里的枪托朝邦德打过去。邦德十分轻松地用左手挡住了打来的枪托，然后举起握着枪的右手，朝那个家伙开了一枪。

　　所有的一切仅仅发生在一瞬间。枪声响起后，只见那个家伙先挣扎了几下，然后身子向一边一歪，就像一棵被砍倒的树一头栽进了水里。邦德低头看了他一眼，又是一个混血黑人，这个家伙已经断气了，两只眼睛瞪着，嘴张得很大，一看就是在一种惊恐中死去的。不一会儿，他的尸体便沉了下去，他的鲜血将邦德周围的水都染红了，鲜红的血水向下游缓缓地流着。

　　对于刚才敏捷的反应，邦德自己都感到十分惊讶。他转过身来，看见克莱尔和哈瑞正呆呆地看着那流动的血水——血水正从他们身边流过。他们也被刚才的事吓住了。邦德在克莱尔的肩膀上拍了一下，克莱尔才回过神来，咧开嘴笑着向邦德点点头，表示对邦德的赞扬。但哈瑞却被这一切吓得捂着嘴，水汪汪的眼睛瞪得大大的，惊恐不安地看着鲜血染红的水面，一句话也说不出来。

　　看到哈瑞受惊吓的样子，邦德心疼地向她解释道："真对不起，我亲爱的哈瑞，我这样做实在是迫不得已，因为他踩在了我的身上。为了我们的安全，所以我……走吧，亲爱的哈瑞，我们现在必须马上离开这里。"说完，他便抓住了哈瑞的手臂，拉着她往岸上走去。

　　此时，四周仍然是一片宁静。邦德想知道现在是什么时间，便看了一眼手表，但是表却停了。于是邦德抬头看了看西边的太阳，根据太阳在天空中的位置，他估计现在应该是四点钟左右。他们还要往前走多远？邦德知道自己现在已经累到极点了。再想到刚才的那声枪响，它是否会惊动敌人？那具尸体是否已经被发现了？前面搜索过的那两个家伙现在会不会返回来寻找他们失踪的同伙？上帝保佑，但愿不会。然而，即使他们真的返回来了，恐怕天也早已经黑下来了，他们不会看到什么的，所以他们只能等到明天白天再带着狗来找那个命丧黄泉的人了。

现在，哈瑞再也按捺不住心中的怒火，一把扯住邦德的袖子，狠狠地说："说！你给我说清楚，这一切到底是怎么回事？你们为什么要互相残杀？你究竟是什么人？你说的那些关于鸟的鬼话都是骗人的，你根本就不是什么鸟类爱好者，你对鸟丝毫不感兴趣。"

哈瑞愤怒的大眼睛紧紧地盯着邦德。邦德十分抱歉地说："亲爱的哈瑞，实在对不起，我并不是存心要欺骗你的，而且我也绝不是有意要让你陷入这种糟糕的困境的。等晚上我们到达你说的那个营地，我一定会把这一切全部告诉你。当然我承认，你碰上我，真的是很倒霉。那帮家伙对我可谓是恨之入骨，他们恨不得把我碎尸万段，所以派了很多人要除掉我。现在，我只希望我们几个人能够安全地离开这个岛，而且最好谁都不要受伤。我已经掌握了大量的证据，下次再来就可以光明正大地来了。"

"但是我还是不明白你的意思。难道你是警察？你想将那个华人送进监狱里去吗？"

"你说得差不多，基本上就是这么回事。"邦德笑着对她说，"我想，像你这样纯洁美丽的姑娘是不会与那些坏人站在同一战线的，是吧？

好了，告诉我，亲爱的哈瑞小姐，我们还要走多远才能到那片营地？"

"我想大约还要走一个小时。"哈瑞面无表情地回答道。

"那个地方有没有隐蔽场所？我们在那里能躲过他们的搜索吗？"邦德焦急地问。

"中间有一个湖隔着，只要那条龙不出来，就没有问题。那条龙可以在水里跑，这是我亲眼见到的。"

"噢——"邦德故意把语调拖得很长，"但愿它的尾巴上长了脓疮溃烂掉。"

哈瑞斜着头，鼻子里哼了一下，说："你就是这样不相信我，讨厌的万事通先生。"哈瑞有些生气，继续说道："我不会再做什么解释的，你就等着看好了。"

这时，克莱尔拿着一支枪赶了上来。他高兴地说："我发现了一支枪，感谢上帝，头儿，说不定它会派上用场的。"

邦德将那支枪接过来看了一下，它是一支美式卡宾枪，看来那些家伙的装备都是很正规的。然后邦德将这支枪还给了克莱尔，让他放在身上，关键的时候用。

克莱尔对这件事分析得有头有尾的，他说："头儿，这帮家伙真是狡猾。被你打死的那个家伙一定是故意留在后面的，他们猜想只要前面的人过去了，我们一定会在很短的时间内出来，后面这个人正好能抓住我们。我坚信，那三个家伙一定是那个该死的诺博士派来的，一定是他。"

邦德沉思了片刻后，严肃地说道："可以肯定地说，后面的这个家伙不是普通人物。所以我们要尽快在最短的时间内离开这里，这里实在太危险了。哈瑞说我们还要走上一个小时才能到达那两个养鸟人的营地，现在我们最好利用那座小山作掩护，沿着左侧的河岸向前走，这样一来我们就可以避开他们的望远镜。"

邦德让克莱尔把他捡到的枪装起来，然后他们便再次出发了。这次还是克莱尔在前面开路，邦德和哈瑞紧紧地跟在他的后面。

三个人穿行于竹林和树丛之中。在这里，阵阵微风吹来，终于使他们感受到一丝凉意。此时，邦德一边走一边盘算着，今天晚上到底要怎么过夜呢？在这种地方，晚上睡个安稳觉是不可能的了，他必须和克莱尔轮流放哨，直到明天天亮。

河道变得越来越窄了，河岸上竹林遍布，远处，河道已经变成了一条细细的、窄窄的小溪，尽头处则与一个湖相连。那个湖大约有五平方英里，呈椭圆形，太阳照在湖面上，波光闪闪，十分刺眼。哈瑞告诉他们现在要向东边走，于是他们按着她所指的方向，小心翼翼地往前走着。

突然，克莱尔停住了脚步，呆呆地看着前方的一大片区域，那是一片可怕的沼泽地。克莱尔的脸上顿时露出如猎狗发现猎物时那种机敏的表情。沼泽地中有两道很深的凹槽，中间还有一道浅浅的痕迹。很明显，有什么东西从那边山上下来，经过这儿走进了湖里。

哈瑞冷冷地说："我所说的那条龙就是从这儿过去的。"

听到这话，克莱尔忍不住白了她一眼。

看到眼前的景象，邦德再次陷入了沉思之中。外边的两道凹槽印很整齐，好像是什么东西的轮子压出来的，但是又很宽，起码有两英尺宽；中间的那一道却很窄，仅宽三英寸左右。这三道压痕不仅清楚而且平整，邦德觉得这种痕迹很像坦克压过留下的。

邦德继续看着这三道压痕。过了许久，他还是不能确定这些痕迹到底是什么东西留下来的。这时，哈瑞碰了碰他，小声说道："怎么样，亲眼看到了吧？我真的没骗你。"

邦德若有所思，严肃地说："是的，哈瑞，我承认即使不是龙留下的，这些痕迹也是我以前从未见过的。"

于是他们又向前走了一段路，哈瑞突然紧紧地抓着邦德的袖子："你看，邦德。"哈瑞伸手指着前面的一大片树林，激动地说。从他们发现三道压痕的地方开始，周围的树林都光秃秃的，没有一片树叶，而且树枝也都烧焦了，一些树枝上还有被火烧毁的鸟巢的残迹。"这一片就是被那条龙一口气吹的。"哈瑞心有余悸地解释道。

邦德向前靠近，想仔细看看这个龙喷出的火烧焦的树。他仔细观察了片刻后，说："是的，一定是这样。"邦德嘴上这么说，但是心里犯了嘀咕，这些树怎么会被烧成这个样子呢？这也太奇怪了。

这种烧焦的痕迹一直延伸到湖水里面去了，邦德很想下到水里去看个究竟，但是湖面上太容易暴露，所以他放弃了自己的这个想法，继续向前走去，可是心中翻腾出的无数个问号却一个都没有少。

天色慢慢暗了下来，湖的一边延伸出一条长长的沙洲，沙地上布满了浓密的海葡萄，足有一百码宽。邦德看到这个地方，突然想到这里最适合过夜了，不仅隐蔽，而且还靠近水源。等天完全黑下来后，还可以到湖里弄点水补给。

夕阳西下，一道金色的霞光渐渐向山下沉去，邦德已经看不清那座塔形小丘上的黑烟了。他们走过树丛，来到一块沙地上，大家都坐下休息。这个地方也有被火烧过的痕迹，大部分的树叶都被烧焦了。就在离他们不远的地方，有一个用石头垒成的炉灶，炉灶的旁边还有一口破锅，看样子这里曾有人住过。于是三个人分头到四处搜索了一番，克莱尔找到两筒还没开盖的罐头，哈瑞发现了一条睡袋，邦德捡到一个小钱包，而且钱包里还有五美元和三英镑。

他们又把更远一点儿的地方仔细地搜索了一遍，这回他们什么也没发现。这时，湖对面的山上出现了一缕亮光，这个亮光距离他们大约有两英里。他们向东边看了看，也没有什么发现，而这时的天空已经是黑压压的一片了。

邦德说："现在，我们仍然不能弄出亮光，不然会暴露目标。大家都先去洗一洗吧，亲爱的哈瑞，你到那边洗，我们俩在这边洗，然后半个小时以后就吃饭。"

哈瑞笑着说："难不成你还要在吃饭前打扮一番？"

"说得没错，亲爱的小姐。"邦德回应道，"克莱尔，把裤子递给我。"

克莱尔这时开口说道："头儿，既然不能生火，那我捡的这两个罐头可就大有用处了。给，你的裤子，还有我的。"

"太棒了，克莱尔，你真是太能干了。"邦德大笑道。

洗过澡，他们三个人便坐在一起吃干粮了。这时的天黑沉沉的，沉寂的海岛上充满了神秘的气氛。他们吃完饭，就先由克莱尔站岗放哨，邦德和哈瑞则躺下睡觉。

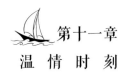

第十一章
温　情　时　刻

　　邦德估计，现在应该已经八点钟了。寂静的四周不断传来阵阵蛙声，乘着夜色，他能够清楚地看到站在那里放哨的克莱尔。一阵感动之情不禁涌上心头：啊，克莱尔实在是太忠诚了，有一个他这样忠诚的伙伴，真好！

　　一道黄色的光从幽暗漆黑的湖面上一闪而过，转瞬消失了踪影。风渐渐大了，呼啸而过，仿佛一个孤独的老人在哭泣一般，听得人不禁毛骨悚然。黑暗中，一股阴森森的气氛渐渐袭来，邦德觉得身上越来越冷了，于是他使劲儿将衣服向怀里裹了裹，希望能够将自己的身体全部包进衣服里。他几乎可以感觉到食物在胃里蠕动，过了一会儿，一阵困倦向他袭来，慢慢地，他闭上了双眼。不过，他可睡不着，满脑子想的都是明天将要发生的事情。其实所有的一切都是那样难以预料，并且也是凶多吉少。仔细想来，事情远没有之前想的那么容易。

　　哈瑞就睡在他身旁的睡袋上，她双手放在脑后，仰卧着，望着满天的繁星发呆。她那美丽的脸庞在夜色中显得更加苍白，她小声对邦德说："詹姆斯，还记得吗？你曾经答应过，一到这儿就会将一切原原本本地告诉我。现在，到你履行诺言的时候了。"

邦德笑了笑，说："如果你愿意听，我现在就说给你听。可是，你也应该将你的一切告诉我。"

"那当然，我可没有什么秘密。不过要你先讲！"

"好啊，"邦德坐了起来，将双手放在膝盖上，认真地说，"事实上我是一个侦探，奉命从伦敦来到这里，此行的目的是为了弄清楚发生在这里的许多稀奇古怪的事情，而且这些事情简直怪得离奇，让人难以置信。前不久，在金斯敦，有一个总督手下的工作人员忽然神秘失踪了。他叫史特兰格，同时也是我的一位好朋友。和他一起失踪的还有他的秘书——一个可爱美丽的女孩。很多人都认为他们或许是一道出门旅游去了，但我可不这么想，我估计……"

之后，邦德将有关史特兰格的事情简单讲给哈瑞听了。他在讲述的过程中，似乎在模仿探险故事的描述方法，还将故事中的人物分成了好人和坏人。最后，他说："后来发生的故事你都看到了。对于我们来说，现在最重要的，就是明晚能安全返回牙买加，将这里发生的一切报告给总督大人。在得知真相之后，总督一定会派军队来对付这个华人，并把他关进监牢。事实上，对于这一点他自己也非常清楚，因此他才会想尽一切办法给我们的行动制造障碍。好了，我已经讲完了，现在轮到你了。"

哈瑞说："噢，你的生活真是充满惊险与刺激啊。但是像你这样长期在外奔波，不会遭到妻子的反对吗？她一定非常担心你的安危吧？怕你会遇到这样或那样的危险？"

"呵呵，这个倒不用担心，我还没有结婚，相信害怕我受伤的就只有保险公司了。"

"噢？原来你还没有结婚呀！那你身边一定有很多女朋友了？"她再次试探性地问道。

"有是有，但相处的时间都不长。"

"哦，这样啊。"

一时间两个人都陷入了沉默，不知该说些什么。此时，克莱尔走了过来，对邦德说："头儿，我发现那边好像有个亮点，我已经观察了很长时间，不过一直都没有发现有任何动静。"

"嗯，好的，我明白了，"邦德点点头说，"一有情况，你就立即通知我。对了，你的枪在哪儿呢？"

"就在这儿，"克莱尔不以为然，很轻松地说，"哈瑞小姐，好好睡一觉吧。"他笑着对哈瑞说，然后转过身去，再次走回树丛中。

"我觉得克莱尔这个人相当不错，我很喜欢他。"哈瑞自言自语道。然后，她顿了顿，又将话锋一转，继续刚才的话题："说到我的故事，可没有你的故事那么紧张刺激。"

"我很想听，你快说吧，不过你可要保证将一切都如实地告诉我。"

"那我开始讲了哦？其实我的故事非常简单，相信一张明信片就可以记录下我全部的生活。我在牙买加土生土长，直到现在我都没有离开过这里。我的家乡在北海岸边，离摩根港很近，它的名字叫博德瑟特。"

邦德笑着说："太巧了，之前我在那儿住过一阵子。可是为什么从没见过你呢？难道你是在树上生活的？"

"哦，你一定是住在海边了，我可从没到过那里，我家住在大屋附近。"

"可那儿什么东西都没有啊。我记得那里除了在一片甘蔗地中间有一座房屋废墟外，就没有别的什么了。"

"因为我住在一个地下室里。从五岁起就一直住在那里，一次意外的大火夺去了我父母的生命，之后我就成了孤儿。不过你不必替我感到伤心难过，其实我已经不记得他们长什么样子了。我是被保姆抚养长大的。不过她在我十五岁那年也离开了我，到天堂去了。五年来，我一直独自生活，住在那个地下室里。"

"噢，仁慈的上帝啊，"邦德用充满同情的眼神看着她，怜爱地说，"有人来照顾过你吗？你的父母有没有留下些钱给你呢？"

"没有，一分钱也没有，"看得出，她并没有为此而感到痛苦和悲伤，反而还有一点儿骄傲，"我父亲生前已经债台高筑了，家里几乎所有的东西都被他变卖还债了。等到父母死的时候，家里仅有的一点点东西也被卖掉了。当时我年纪太小，完全不明白到底发生了什么。多亏保姆照顾我，她对我很好，四处求人收养我，甚至还说动了一个牧师和律师，他们愿意收养我。不过后来，等到家里那些没有完全烧坏的家具被保姆收拾整理好之后，我们就在那座被烧成废墟的房子里住了下来，从此以后，就再也没有人来关心过我们的生活。保姆每天靠给人缝洗衣服来维持我们的生计。她还在屋前种了一些香蕉树，那些树个个都长得非常茂盛，特别是种在废墟旁边的那株，更是异常茁壮。后来，我们又在周围种了一大片甘蔗。保姆特意编了个捕鱼笼，于是我们每天就用它去捉点小鱼小虾回来。我们就这样艰难地活了下来。平常一有空，保姆就会教我识字。虽然那场大火将屋里的一切都烧了个精光，但却意外地将一大堆书留了下来，这其中就包括一本百科全书。"说到这儿，她充满信心地看了一眼邦德，"我敢打赌，有很多事情我知道的一定比你多。"

"是的，我相信。"邦德饱含深情地望着眼前这个美丽的姑娘，她淡黄色的头发和白皙的皮肤看上去是那样惹人怜爱，邦德不由得被那个照顾她的年老的黑人保姆的故事感动了。"哈瑞，你的保姆真是了不起，她太伟大了。"他由衷地说。

"她是我在这个世界上最爱的人。她走了之后，以往的欢乐也随之离我而去了……在保姆离开我之前，我还一直是个孩子，可是保姆死后，我觉得自己突然之间长大成人了，我知道要自己照顾自己，要时刻警惕那些坏男人们，以免被他们占了便宜，受到侮辱。他们一见我就说要跟我睡觉，真是太可恶了，"她停顿了一下，继续说道，"我那时还很年轻漂亮。"

邦德真诚地说："哈瑞，你是我见过的最美丽的姑娘。"

"别胡说了，就我这鼻子？还能称得上漂亮吗？"

"其实你自己并不明白。"邦德小心翼翼地选择措辞，试图让她相信自己，"是的，或许有些人认为你的鼻子看起来不是很好看。可是，当我今早第一眼看到你的时候，却压根没有注意到它。在人的脸上，最重要也最引人注意的部位是眼睛和嘴，至于鼻子和耳朵那些都很次要，就算有点缺陷也没关系。如果你还拥有一只漂亮的鼻子，那你就会成为全牙买加最漂亮的姑娘了。"

"真的是这样吗？"她焦急地问，"你认为我还有可能恢复漂亮的容貌吗？我自己也非常清楚，除了鼻子，我其他地方看起来都还不错，可是每次我照镜子，一看到这倒霉的鼻子，就再也看不到其他东西了。"

邦德想要尽力安慰她，柔声说道："不要再为你的鼻子而苦恼了，其实它完全可以治好的。只需去做个整形手术，就能重新找回美丽！假如你到美国做这个手术，只要一个星期的时间就足够了，手术之后你就是牙买加最美丽的姑娘了！"

听邦德这么说，哈瑞显得异常兴奋，高兴地说："你觉得我应该去做手术吗？但是我没有多少钱，所有的财产全部加起来也不超过十五镑，并且它们都被我压在了地下室的一块石头下面。此外，我只有三条裙子、三件上衣和一把猎刀、一个捕鱼笼，就这些了。以前我也跟一个医生打听过，从他那里得知至少要花五百镑才能往返一趟纽约。"说到这里，她的兴奋之情已经荡然无存了，取而代之的是无尽的失望与伤心："我知道你希望我去，但是我的钱却不足以支付那笔昂贵的费用。"

邦德的眼神变得更加温柔，他决心要成全哈瑞的梦想："哈瑞，不用为这而担心，别急，一定会有办法的。现在我们先不说这个了，接着讲你的故事吧。我觉得你的故事比我的有趣多了，我很喜欢听你讲，告诉我，你在保姆死了之后是怎样生活的？"

"在那之后，我都是独自一人生活，我身边没有一个伙伴，唯一陪伴我的只有一些小动物，包括许多小昆虫，它们都和我为伴，我们很快乐地生活在一起。"哈瑞接着说，"我住的地方附近都是些甘蔗林，你到过那里，应该知道的。在这些甘蔗林里生活着许许多多小动物和小昆虫，有乌龟、蛇类、蝎子等。每年到了甘蔗收获的季节，人们总是会驱赶和捕杀这些可怜的小家伙，于是为了躲避人类的残害，它们都跑到我的地下室里来了，把那里当成了避难所。我看到它们非常可怜，就收留了它们，经常拿些吃的东西来喂它们。时间一长，它们似乎已经习惯了我的照顾，好像都知道我一定会照料它们似的。慢慢地，它们的伙伴也全都跑到我这里来了，并且一点儿也不怕我。我想它们一定是用自己的交流方式相互转告了。来避难的小动物越来越多，为了更好地照顾它们，我专门为它们准备了一个房间，供它们在那里生活、成长，等到新的甘蔗长成之后，它们才离开了这里。我们在一起的时光，总是非常美好的，我们相处得非常愉快。它们不怕我，也不会伤害我，我也尽量让它们不对我产生恐惧。记得那时我常常将蛇缠绕在脖子上，有时一些蔗农们从那里经过看见了，都以为我是个怪人。事实上这没有什么奇怪的。詹姆斯，如果你有机会和它们相处很长时间，也会像我一样把它们当作朋友来对待的，同样，它们也会这样对待你的。"

"是的，我想会的。"邦德简直被眼前这个美丽的姑娘讲的童话般的故事给迷住了。

"是啊，对于我来说，人类世界就显得非常陌生了，我对于它的了解是很有限的，相反对于动物世界，我倒是无所不知。我是真的非常喜欢它们。在我的世界里，现在除了我的保姆之外，它们可以算作我的最爱，我对它们的爱胜过我见到过的所有人对他们的爱。"说到这里，哈瑞情不自禁地笑了起来，"我和小动物们在一起生活得无忧无虑，每天我都很快活。可是在十五岁那年，一件可怕的事情发生了。"

从她的脸色可以看出，她好像正在经历着极其痛苦的事情："有个叫曼德的家伙，整天跟在我后面说要我搬到他的屋子里，和他一起住，我非常不乐意，总是拒绝他，可他却不死心，天天都来缠着我。我很讨厌看到他，甚至一听见他的脚步声就非常反感。可是一天夜里，他趁我睡着的时候，悄悄摸进了我的房间，轻手轻脚地来到我的床前……我惊醒了，发现自己已经被他牢牢地压在身子底下了，我知道他想糟蹋我，他……你，你明白我在说什么吗？"

　　"是的，我明白。"

　　"当时我真恨不得杀了他，可是我没有他力气大，一下子就被他打昏了。我的鼻子就是在那次争斗中被打坏的。等到我第二天醒来的时候，发现一切都已经无法挽回了，他已经对我做了那种事情。我当时感到非常害怕，害怕自己会怀孕，要是不幸怀上那个坏男人的孩子，还不如死了算了。不过幸亏有上帝保佑，我没有怀孕。"

　　她顿了顿，接着说："于是我下定决心一定要报复他。我耐着性子等待着甘蔗收获季节的到来，等待着我的小伙伴们来我的地下室避难，我要寻找一种叫作'黑寡妇'的毒蜘蛛，要用它来对付我的仇人。终于，甘蔗收获的季节到来了。那天，我从很多毒蜘蛛中挑选了一只个头最大的母蜘蛛，将它放进一只盒子里，并且一直不给它喂食，让它饿得发慌。在一个漆黑的夜晚，我带着我的'黑寡妇'，悄悄来到那个家伙的房门前，没有被任何人发现。我躲在门外，清楚地听到从他屋里传来的阵阵呼噜声，我想他一定睡得很熟，于是拿出小刀，将门撬开，又将盒子打开，把毒蜘蛛放到了他的肚子上，之后我快速离开了那里，回到了我的地下室。"

"上帝啊，"邦德对哈瑞表示出由衷的佩服，"那家伙后来怎么样了？"

她兴高采烈地说："哈哈，那个家伙不到一个星期就死了。我估计他一定被咬得不轻，曾经有一个巫师告诉过我，一旦被这种毒蜘蛛咬了，十有八九都会死。"她又稍微停了一下，看着邦德，发现他没有说话，于是忧心忡忡地问道："你会不会觉得我做得太过分了？"

"噢，一旦养成这种习惯就不太好了。"邦德的语气中透露着无限的温柔，"但是，你不用多想，我这样说并没有责怪你的意思，只是希望在你的心里不要将仇恨埋得太深，那么现在告诉我，后来发生了什么？"

"自从经历了那场劫难之后，我生活的唯一目标就是想尽一切办法努力挣钱，希望能够将我的鼻子治好，"她说，"真的，我的鼻子本来挺漂亮的。你觉得医生可以将它治好吗，还有可能恢复成原来的样子吗？"

"当然可以，放心吧，医生一定能够将你的鼻子做成你喜欢的任何一种样子。"邦德其实还是很想听她讲自己的故事，于是接着问："挣钱也不是一件容易的事情，你如何去挣钱呢？"

"这还多亏了那本幸存的百科全书。我从书上知道了一种谋生手段，那就是捕捞海贝，并且还看到有人靠捕捞海贝发了财。于是，根据书上的介绍，我开始采集贝壳。开始的时候，因为不知道哪种贝壳能卖出好价钱，所以没能挣到什么钱，后来逐渐积累了经验，情况就慢慢好起来了。后来，有人告诉我有一种叫'高雅的维纳斯'的贝壳价格最高，一只就能卖出五美元的高价。于是我开始四处寻找这种贝壳，最后终于在这个岛上找到了很多。当时我别提有多高兴了，看着这么多'高雅的维纳斯'，我心里就在想，这下我只需五年的时间，就可以攒够治鼻子的费用了。也是因为这样，今早你站在我背后的时候，我被吓坏了，还以为你是来偷我的贝壳呢。"

"噢，呵呵，我当时也被你吓了一大跳，我还以为你是诺博士的女友呢。"邦德半开玩笑地说。

"多谢你的抬举。"

"那么对于将来，你有什么打算呢？总不能一辈子靠采集贝壳为生吧。"

"是的，我已经打算好了，要去做应召女郎。"她的语气坚定，没有丝毫的迟疑，就好像是说要去当"护士"或者"秘书"一样。

邦德万万没有想到她会做出这样的回答，一时间真不知该说什么才好，不过哈瑞却以为邦德没有听懂她说的话。"难道你不知道'应召女郎'是怎样的吗？她们是一些长得很漂亮，穿得也很漂亮的姑娘。如果有人打电话约她们，她们就去跟人家睡觉，这样就可以收到一笔钱。听说在纽约，这样应召一次就能挣到一百美元呢！我觉得这份工作听上去挺不错的，所以我也想做。不过，"她的脸色开始变得认真起来，"开始的时候我觉得不应该收太多钱，等到我完全学会了，再将价钱抬高。那么你一般每次会付多少钱给应召女郎呢？"

邦德笑了笑，说："这个吗，我想不起来了。我好像就只有那么一次，而且已经过去很久了。"

她听了，不由得叹了口气："唉，是啊，我相信像你这样优秀的人，是不用花钱找应召女郎的，一定有很多女人愿意免费陪你睡觉。只有那些丑男人才会花钱去找女人。可是做这行也并不是十全十美的。在大城市里，相信任何一种职业都隐藏着非常可怕的阴谋。你一定也听说过不少关于应召女郎的悲惨遭遇。其实我并没有打算要长期做应召女郎，最多做到三十岁，攒一些钱，然后就回牙买加，用自己挣的钱买栋房子，跟一个好男人结婚生子。然而现在，我还是要尽量多采集一些'维纳斯'去卖。对于我这个计划你是怎么看的？"

"我觉得这个计划的结尾部分还是很不错的，可是对于它的开头部分我是坚决反对的。应召女郎这个行当，你是怎么会知道的？难道也是从那本百科全书里看到的？"

"你真会开玩笑，这怎么可能！记得两年前，我在《格林纳日报》上看到一则新闻，说纽约发生了一件和应召女郎有关的大案，并且详细登载了整个破案过程。于是，我便从那里了解到了应召女郎这一职业，其实，做这种行当的姑娘在金斯敦也有，不过在这里生意都不大好，而且一次只能挣到五先令，并且通常都是在树丛里。之前我的保姆还警告过我，千万不能像她们那样，不然会招来麻烦的。我听了她的话。五先令是少了点儿，但一百美元……"

邦德打断了她："事实上，也没那么多钱！要做这行，你首先得找一个为你招揽男人的经纪人，还要经常贿赂警察，要不很快就会有麻烦的，如果出了问题，你很容易就会被抓去坐牢。说实话，我非常不愿意看到你去做这种事情。我觉得你可以做别的事情，而且一定可以做得很好。你在动物和昆虫方面的了解非常多，这就是你的优势，这样你完全可以在美国的任何一家动物园里找到一份非常满意的工作。你也可以到牙买加大学去学习，我想那个地方你一定会喜欢的。而且你也一定可以找到一个满意的好丈夫。反正我觉得你干什么都行，就是别去做什么应召女郎。而且你这么漂亮，身材也非常好，应该把这些美好的东西留给你所爱的男人。"

"噢，书上也是这么写的，"看起来她似乎开始动摇了，"但是目前为止还没有找到值得我爱的人，起码在博德瑟特是这样的。你真是个大好人，从来没有人和我说过这些，除了你！所以我从一开始就非常喜欢你，并且还让你在无意中了解了我的一切。我相信，只要我能离开这里，我还会喜欢其他人的！"

"当然，一定会的！要知道，打从第一眼看到你，我的直觉就告诉我，你真的非常可爱。"

"第一眼？可是你第一眼只看到了我的背。"她的声音听上去有些懒洋洋的，不过可以感觉得到她非常开心。

邦德笑着说："是啊，你的背影很动人，侧面的曲线更加令人着迷。"他回想起初见哈瑞时的情景，不禁浑身一颤，于是立马故作生硬地说："哈瑞，赶快睡觉吧，我们还有很多时间，等回到牙买加再慢慢聊吧。"

"嗯，好，"看起来她已经睡意蒙眬了，"不过你要发誓，刚才你所说的话都不是骗我的。"

"当然，我发誓。"

她只在睡袋里动了一下就没有什么反应了，邦德转头看了一眼，发现她已经睡得像个孩子一样了。

夜深了，四周更加静谧，没有一点儿声音，阵阵寒意透过空气侵袭而来。邦德双手抱膝，将头深埋在双膝间，他还没有什么睡意。

这一天的种种经历不断地在他脑海中浮现出来，在这一天里，一个非同寻常的姑娘闯入了他的生活，命运将他们紧紧地联系在了一起。现在，她就像一只温顺可爱的小动物一样依偎在他的身旁，似乎在寻求他的保护。邦德暗暗下了决心，一定要在这次任务完成之后，将她安排妥当了才离开。他也知道其中的困难不少，不过至少应该首先帮助她去做整形手术，另外还应该托朋友替她找份工作，再给她买些衣服，租一所房子，为她的新生活能够有一个良好的开端创造条件。可是对于她的感情问题要怎么来处理呢？他不得不承认，自己已经喜欢上了这个可爱的姑娘。虽然他也知道她还是个孩子，但是她看上去却又并不像一个孩子。她的身体很丰满，由于特殊的生活经历，她的思想相对成熟一些。她的性格和言谈举止中还不时地流露出一些孩子般单纯的东西，这使得她看上去更加惹人喜爱，并且她还非常聪明，她身上任何一个地方都比其他二十岁左右的姑娘更加出色和完美。

邦德想得出神，忽然感觉到哈瑞拉了拉他的袖子，之后就听到她轻声问道："怎么，你睡不着吗？是不是太冷了？"

"噢，不冷，我没事，你好好睡吧。"

"睡袋里面会暖和一些，要不你进来吧，我们一起睡！这里的空间足够睡两个人。"

"噢，不用了，哈瑞，谢谢你的关心，我这样没问题的。"

哈瑞半晌没有说话，过了一会儿，她低声说道："我想……你，你误会了……其实我的意思是你只要不和我做……做那种事情……我们……我们完全可以背对背睡的。"

"亲爱的哈瑞，你乖乖睡吧。我其实非常想跟你在一起睡，不过今晚不行，而且一会儿我就要换克莱尔的班，去放哨了。"

　　"这样啊，好的，我知道了，"她似乎并不太高兴，"那等回到牙买加总可以了吧。"

　　"噢，也许。"

　　"不，你现在就答应我，要不我就不睡觉。"

　　邦德立刻回答："好，我答应你，这下该睡了吧，哈瑞。"邦德的声音里其实充满了渴望。

　　"嗯，太好了，你答应了，那你就欠我一次了，一定要记住噢！"她的心情又好起来了，"晚安，亲爱的詹姆斯。"

　　"嗯，晚安，亲爱的哈瑞。"

第十二章
朋 友 安 息

邦德迷迷糊糊地感到有人猛推他的肩头，他立马跳了起来。

"头儿，水里有什么东西正向这边游过来。你说会不会是那条龙？"原来是克莱尔，他正压低了声音跟邦德汇报自己的发现。

哈瑞也被惊醒了，焦急不安地问道："发生什么事情了吗？"

邦德回头对哈瑞说："你就待在这儿别动，我出去看看。"说完，他迅速闪身进了树丛，克莱尔紧随其后。

他们在离湖边大约二十码的一片树丛中隐蔽起来，透过繁茂的树叶，邦德聚精会神地观察着外面的动静。

他看见黑暗中，一个庞然大物正从湖水中冲出，离岸边只有大约半英里的距离。那个怪物是什么？它有一双大得吓人的眼睛，不时地发出刺眼的光芒，从它嘴里不断地喷出淡蓝色的火苗，足有一码长，扁圆形的头部和身上蝙蝠一样的翅膀，使它看上去更加怪异。它低吼着向这边跑来，发出有节奏的声响。此时，它正以每小时十英里左右的速度向邦德他们的方向冲过来，平静的湖面被它搅起了一道道浪花。

克莱尔向邦德低语道："头儿，这怪物真可怕，是个什么东西呀？"

邦德站起身来，说："目前还不清楚，不过据我估计，应该是一台类似拖拉机的东西，只是在它的外面加上了一层恐怖的伪装，是专门用来吓人的。你仔细听，它跑起来的声音跟发动机的声音几乎是一样的。所以，你不必担心，它根本不是什么龙！"他顿了顿，又接着说道："看来逃跑是无济于事的，它跑起来非常快，而且根本不会受沼泽和树林的阻挡，我们是跑不出它的魔爪的！我想我们只有乖乖待在这儿，等着和它拼命了。我们首先要找准它的要害，也就是驾驶员的位置。不过我估计驾驶舱里一定装有防护设备，很难击中他们。克莱尔，你要等到它驶进两百码以内的距离向它头部开火，尽量瞄得准一些，而且要连续射击，希望能给它带来一定程度的损伤。等它行进到五十码的时候，我就打它的头灯。它的轮子一定非常巨大，有可能是飞机轮胎，不过无论如何我必须将它打坏。你就站在离我十码以外的地方，注意，一定要保护好自己，他们很可能会还击。我们得设法将它引到别的方向，以确保那个姑娘的安全。"

邦德拍了拍克莱尔结实的肩膀，认真地说："克莱尔，不用太紧张，别去想它是什么龙，这不过是诺博士的骗术，就是想用来吓唬人的。只要能将驾驶员干掉，然后将这个该死的庞然大物缴过来，就能够乘着它回到船上去，还能够让我们省下不少脚力。"

听了邦德的话，克莱尔笑了笑说："头儿，一切照你说的办。愿上帝保佑它真的不是一条龙。"

邦德迅速跑向另一侧，将眼前的树丛分开，仔细观察了一下地形，希望能够找到最佳射击点。突然，他轻声喊道："哈瑞！"

"詹姆斯，我在这儿。"哈瑞怯生生地回答道，不知什么时候她也跑了过来。

"哈瑞，你到那边去挖个沙坑躲进去，就像今早我们在沙滩上挖的那个一样，将前面的沙堆弄厚一点儿，躺在里面别动，也别出声。一会儿我们可能要开枪的，你要保护好自己！不过别害怕，那不是一条龙，只是个庞大的拖拉机而已，诺博士的手下就坐在里面。我来负责将它干掉！"

"噢，詹姆斯，你一定要小心一点儿。"哈瑞似乎从邦德那里获得了勇气。

邦德嘱咐完，就单膝跪地继续观察。

现在，那个怪物离他们越来越近了，已经快接近三百码的距离了。它的头灯射出两道黄色光柱，将整个湖岸都照亮了，嘴里仍旧不停地喷射着蓝色的火焰。它的嘴很长，张得大大的，外延被涂成了醒目的金黄色，远远看去确实很像龙的大嘴。"噢，不，那是一个喷火器！"邦德突然反应过来，接着又想到，不知它的有效射程有多远？就连邦德自己也不得不承认，它看起来确实有点吓人，尤其是它在湖水中狂叫怒吼的时候，更是让人听了心惊胆战。看来设计它的人一定花了不少心思，才能让它能够产生如此恐怖的效果。当地的土人或许会被这种东西吓破胆，但是见多识广的邦德可不吃这一套，他见识过很多比这更恐怖的东西，而且他手上还有枪呢，那可不是摆着玩的。

克莱尔已经开始射击了，子弹击中了目标，显然，子弹一定是打在了它的装甲上面，因为那边传来金属碰撞的声音。接着克莱尔又朝目标开了一枪，但是对方没有任何反应，于是他又接着一个连发，虽然子弹一个个"啪啪啪"全都击中了目标，但却丝毫没有作用，那个庞然大物依旧以原来的速度迅速冲向他们。眼看离这里越来越近了，邦德立刻将手中的枪举起，瞄准了怪物，只听"叭"的一声，就将它的一盏头灯给击灭了。然后，他又对准另一盏头灯，连发了四枪，但是却都没有击中目标，在开第五枪之前，他屏息凝神，看准了才打出去，终于将另一个头灯也击灭了，然而即使这样，也没有起到什么作用，那庞然大物丝毫没有减速，它顺着枪声，直冲向克莱尔的方向。邦德马上将子弹装好，开始攻击它的侧面，他想打中它的轮子，迫使它减速。此时，邦德与怪物之间的距离不超过三十码，他一枪接着一枪地射击，几乎每一枪都能够击中它的轮胎，但是这样却也没能起到作用。难道这轮胎是实心的？邦德有些慌神，少许冷汗从脊背上流了下来。他又装上了子弹，心想它的要害或许在后面，如果冲进湖里，从它的后面爬上去，说不定可以将它干掉！想到这儿，他迅速从树丛中冲了出来，想要跑进湖里，然而他刚朝前跑了一步，就被迫停下了脚步。

因为一件意想不到的事情发生了——那只喷火器忽然尖啸了一声，从里面喷出一道长长的蓝色火焰，就像一道闪电般，直劈向克莱尔藏匿的地方。邦德随即听到一声凄惨的叫声，那片树丛刹那间变成了一片火海，熊熊大火将整个夜空都映得通红。紧接着，那个怪物在原地转弯，停了下来，又将喷火器对准了邦德，淡蓝色的火舌缓缓地伸缩着，如同一条伺机捕猎的毒蛇，阴森恐怖。

邦德站在那里，一动也不动，似乎在等待着那恐怖的最后时刻的到来。他紧盯着那条杀人不眨眼的恶魔——蓝色火舌，又朝那边火光明亮的火海看了看，仿佛看见了克莱尔在熊熊烈火下被烧焦了的、残破的身体在沙地挣扎、扭动着。很快，就要轮到他了，转瞬间，他的身体也会变成一团火焰。丛林中将会传出他痛苦的惨叫，他的肢体将在烈火中痛苦地挣扎。之后，就该轮到哈瑞了。噢，仁慈的上帝，你为什么会将他们带到这儿来？此刻他后悔莫及，自己不该如此轻敌。想了这么多，他已经再也没有恐惧之感，剩下的只是满腔的怒火。来吧，你们这些狗娘养的！

然而，火焰并没有像预期的那样向他扑来。只听到喇叭里传来一个冷冰冰的声音："英国佬，站出来，还有你的那个姑娘，快点！要不就让你们和那个同伙一起完蛋！"为了证明他会说到做到，喷火器的火舌很快就"呼呼"地向前窜了几下，邦德被几股热浪逼得向后一退。此刻，他感觉到了哈瑞的身体就在自己背后，她正歇斯底里地喊道："詹姆斯，我受不了，我要出去！"

邦德立即对她说："不要怕，哈瑞，躲到我后面来。"很快他就有了主意，他知道眼下这种情况，事情已经无法挽回了。现在唯一能做的就是尽量拖延下去。只要保住性命，就有机会逃脱。就算以后死得比现在更加痛苦，那也比现在死了强。于是，他拉着哈瑞的手，让她紧跟在自己后面，一起向外面走去。

之后，那个声音再次号叫起来："别动！就站在那儿！对，就是那儿！很好，好孩子，现在将你的枪扔到地上，不要想耍花招，否则不等天亮就拿你们去喂螃蟹！"

邦德顺从地将他那把大口径的手枪迅速扔到了地上，而心里一个劲儿地后悔没带上他的贝蕾达。哈瑞在他的身后发出一阵轻微的啜泣声。邦德用力握紧了她的手，安慰道："哈瑞，不要哭，我们很快就会有办法逃走的。"不过很快他就觉得自己所说的这话是那么苍白无力。

一扇铁门"哗"的一声在他们面前打开了。从那个怪物里钻出来了一个家伙，他很快跳进水里，向他们这边走来。邦德看见他手里提着枪，在经过喷火器的火舌时，借着火光，邦德将那人的脸看清楚了，那是一张混血黑人的面孔，他个子很高，全身上下就只穿了一条裤子，上身完全赤裸着，左手上不知提了个什么东西。等到他走近的时候邦德才发现，原来是两副手铐。他在距邦德几码的地方停了下来，发号施令："你们两个，将双手伸出来，并在一起，一个一个走过来。你，英国佬，你先过来。要慢点走，千万别想耍什么花招，否则我立马在你身上穿个窟窿！"

邦德按照他的指示慢慢走上前去，一股呛人的汗臭味钻进了鼻子里。那家伙用枪顶住了邦德的嘴，又腾出一只手来迅速将手铐戴在了邦德的手上。邦德借助明亮的火光，看清了那张狰狞的面孔，古铜色的脸，焦黄的脸色，还有充满恶意的眼睛。他发出一声冷笑，用挑衅的眼神看着邦德，"哈哈，你这个笨蛋！"

邦德突然转过身去，向另外一边走去。他想去看克莱尔最后一眼，向他的遗体作最后的告别。随着一声刺耳的枪响，一颗子弹狠狠地打在了他脚边的沙地上。邦德立刻停了下来，缓缓转过身去，用嘲弄的语气说："用不着那么紧张，我只不过是去看一眼刚才你们杀死的那个人，和他告别，很快回来。"

那个家伙听他这么说，放下了枪，露出狰狞的奸笑，"嗯，那样也好，可以让你欣赏一下我们的杰作。不过很可惜我们没有事先准备花圈，哈哈……不过你可别磨蹭，给你两分钟的时间！如果迟一秒，我们连这个小妞儿也一块儿烤了。"

邦德来到那片浓烟滚滚的树丛，默默地站在那儿看着。他压抑不住内心的痛苦，紧紧地闭上了眼睛，喉头一阵发涩。眼前的惨状远远超出了他的想象。他轻轻地说了声："克莱尔，我很难过。"说完，他捧起一把沙子，轻轻地撒在了克莱尔的脸上，又帮助他合上眼睛。之后，他才慢慢地走了回去，来到哈瑞的身边。

邦德和哈瑞在枪口下被迫转移到了那个"怪物"的后面。从一个方形小门里传出一个声音："进来，坐在地板上，不要乱动，否则就割掉你们的手指头。"

他们按照指示爬进了一个铁箱子，一股刺鼻的汗味和汽油味迎面扑来，里面的空间非常狭小，他们只得将身子蜷缩起来。持枪的家伙紧跟在后面进来，将门关上。他将里面的灯打开，就坐在了驾驶员身旁，"行了，伙计，我们出发吧，喷火器不用关了，正好可以用来照明。"

接着，发动机发出一阵轰鸣声，邦德感到车头在掉转，随后车身也猛地一陡，就开始一直向前开去。

哈瑞紧紧地靠在邦德身上，对他耳语道："你觉得他们会把我们带到哪儿去？"

邦德转过头来看着哈瑞，目光恰好落在了她的头发上。她的头发并不长，已经被风吹干了。她刚才睡过觉，所以头发散乱在肩上，在灯光的照耀下显得亮闪闪的。她也抬起头来看着邦德，嘴角和眼圈都已经失去了血色——她害怕极了！

邦德装作满不在乎的样子，说："估计我们很快就能见到诺博士了。哈瑞，别太紧张，放轻松点儿。现在这些都是小头目，等到了诺博士那里情形就不同了。到那儿之后，你什么都不用说，等着我来和他周旋就行了。好了，什么都别想了。"说到这儿，他用胳膊碰了碰她的手肘："你现在的发型就很好看，不要把它剪得太短了。"

现在她已经比刚才放松了一些。"你现在居然还有心思谈这个？"她勉强笑了一下，"不过你说喜欢这样的发型，真让我感到高兴。我每个星期都会用椰子油洗一次头。"然而一想起昔日的生活，她又情不自禁地悲伤起来。她低下头，抹去几乎夺眶而出的眼泪，用极其微弱的声音说道："我一定要勇敢些，我知道有你在，一切都会好起来的。"

邦德将身子挪动了一下，顺势将手铐凑到了眼睛跟前，仔细研究起来。这副手铐是美国造的，他试着伸缩左手，想弄开它，但是没能成功。后来他又试了几种办法，但都没有打开手铐。他观察了一会儿前面的两个人，看是否能用手铐袭击，将他们击倒在地，不过看来这样做是不可行的，因为这两个家伙的身体完全被椅子的靠背给挡住了，而且在这小小的空间里，他也很难站起身来。后来他又想到要打开车门，跳进水里逃跑，但是转念一想，即使他能跳进水里，还是无法脱身的，更何况哈瑞还留在车里。无数个念头一时间在邦德脑子里不停地交错旋转着，但是却没有出现一个真正可行的脱身之计。

　　那两个家伙一声不响地坐在前面，仿佛完全忘记了邦德和哈瑞的存在。坦克车在夜幕里飞驰着。邦德见一时无法脱身，索性抛开脱身的念头，潜心研究起这个奇怪的机器来。这个怪物无论从外部构造还是内部装置来看，显然是一种特殊的装甲车。从发动机的声音可以知道，它的马力一定不小。并且从它那特别的轮子可以看出，它的越野能力一定非常强大。邦德将整个车内环视了一周，想知道它出自哪个厂家，不过什么也没有发现。

　　邦德从行家的角度对这部怪异的机器进行着仔细的观察和分析。据他估计，诺博士的阴谋一定不小，否则不会如此处心积虑、煞费苦心。想来马上就能见到这个神秘的家伙了，或许紧接着就能够发现有关他的所有秘密。可就算是那样又有什么用呢？他绝对不可能带着诺博士的那些秘密从这里活着离开，一定会被他弄死的。还有哈瑞，她的命运又将变成怎样呢？或许她不会被杀死，但是她从此也别想离开这里一步，她只能在这个荒岛上度过余生，最后成为某个臭男人的妻子或者情妇。说不定诺博士自己就会这么干的！邦德陷入胡思乱想中不能自拔，就在此时，突然感觉到一阵颠簸，装甲车已经离开湖面，正在驶向山顶。装甲车开始爬坡了，整整爬了五分钟，这时，坐在驾驶员旁边的那个家伙回过头来，看了邦德和哈瑞一眼。邦德用嘲弄的眼神看着他，笑了笑，"我想你一定会得到主人的犒赏的。"

　　那家伙翻了翻眼睛，狠狠瞪了邦德一眼，从牙缝里挤出一句话来："给我闭嘴，你这个浑蛋！"说完，又转过身去。

　　"他们为什么那么凶？对我们的仇恨怎么这么深？"哈瑞在一旁

低声对邦德说。

邦德朝那个人的背后轻蔑地一笑，说道："那是因为他们怕我们。我们没有一点儿惊慌失措的样子，他们反而觉得心虚了，所以我们得一直保持这种状态才好。"

"嗯，明白了，我会尽量这么做的！"她向邦德那边靠了靠，更加紧地依偎着他。

装甲车已经驶上了平路，邦德知道，离敌人的营地越来越近了。他突然想起了克莱尔，想到克莱尔死去的时候还有他这个朋友去作最后的告别，而现在，他和哈瑞或许立刻就要死去，却没有一个人能够来看他们最后一眼了。正想得出神，装甲车的速度已经在不知不觉中减慢了，一分钟后，稳稳地停了下来。这时，坐在邦德前面的那个家伙将扩音器打开，通过它发出一阵刺耳的叫喊："喂，抓回来了一个英国佬和一个小妞，另外一个给烧死了。好了，就是这些，可以开始了！"

随后邦德听见一阵铁链拉动的声音，估计是在开门。装甲车又随着这个声音往前移动了一段距离，终于停下了。驾驶员将发动机关上了。这里应该是个装甲车车库，四面都是铁墙，里面的光线非常昏暗。邦德被人强行拖下车，之后，他站在了一块水泥空地上，一支枪很快就顶住了他的头。"喂，站在这儿别动！老实点！"邦德顺着声音看去，发现还是一个混血黑人，那人正用一双昏黄的眼睛恶狠狠地瞪着他。

邦德根本没去理会他，立即回头看去，发现哈瑞正被另一个提枪的家伙抓着。他大声喝道："将这位姑娘放开！"说完，一个箭步来到她身旁。那两个家伙看了似乎非常吃惊，愣了一下，犹豫不决地将手中的手枪在空中挥了挥。

邦德看了看周围的环境，发现他们现在身处一座半圆形建筑里，就是白天从河边看见的那座。看上去这个地方就像一个小型工厂，那辆伪装成巨龙的装甲车此刻就停在这里。屋子的每一个角落都充斥着刺鼻的汽油味和烟味。刚才的那个驾驶员正在检查装甲车。

一个警卫上前问道："出什么毛病了？"

"嗯，灯被打坏了，小问题，我立刻就能修好。"

"好了，走吧。"那个警卫用枪指了指前面一条很深的走廊，示意邦德走进去。

邦德说："我想你得在前面带路，学点礼貌吧。另外，告诉那几个装模作样的猴子，别老是拿枪指着我们，瞧他们那笨头笨脑的样子，我还真担心他们的枪会走火！"

邦德的话激怒了那几个人，其中一个家伙"呼"地一下冲到邦德身边，其他三个人也不甘示弱，都围了上来，恶狠狠地瞪着邦德。领头的那个挥着拳头，在邦德的鼻子前面晃了晃："放聪明点，你这个杂种，你他妈的要是不老实，我就……"话到嘴边突然又停住了，只见他的一双贼眼直勾勾地看着邦德身后的哈瑞，嘴半天都没有合上。他转身向另外三个嚷嚷道："伙计们，怎么说？"

另外三个家伙也傻愣愣朝哈瑞那边看去，又不约而同地点了点头，脸上逐渐流露出淫邪之色。

邦德简直气愤难忍，恨不得冲上前去教训他们一番！可是此时哈瑞就站在他的旁边，他要保护她，真是有劲也使不上啊！于是他只好说："好了，你们有四个人，而我们只有两个，并且还戴着手铐，根本没有还击之力！我们只是想求你们不要总像这样把我们推来推去的，要不估计诺博士也会生气的。"

那几个人一听到诺博士的名字，脸色"唰"地一下就变了，其余三个人也都迅速避开了邦德犀利的眼神，望着他们的头儿。那个小头目在邦德身上上下打量了一番之后，似乎觉得他来头不小，于是他那板起的脸孔很快就松弛了下来，似乎为了给自己找个台阶下，只好说："好了，我们只不过想跟你们开个玩笑罢了。"随后他又望望其余几个人，"你们说是不是啊？"

"是的，头儿，是这样的！"那几个人齐声附和着。

那个小头目用沙哑的嗓音对邦德说："现在，你们跟我来。"说完，他沿着走廊向前走。邦德和哈瑞随后跟了上去。邦德早已想到他们听到诺博士的名字一定会胆战心惊的。如果以后再遇上类似的麻烦，估计还是可以用他来做挡箭牌的。

他们一直走到走廊的尽头，在一道门前停下来。带路的家伙按了一下门铃。过了一会儿，门开了。他们走了进去，邦德看到地上铺着地毯，前方约十码的地方又有一道门，比前一道门稍微小一点儿。

这时，那个小头目退到了一旁，说："先生，一直往前走，敲一下那扇门，就会有人出来接待你们。"他的声音听上去很平和，之前恶狠狠的目光也已经不见了。

邦德紧紧握住哈瑞的手向前走，身后的门被"啪"的一声关上了。他停下来看了看哈瑞："怎么样？你感觉如何？"

　　哈瑞微笑着说："嗯，感觉还不错，这个地毯踩上去很舒服。"

　　邦德用力握紧了哈瑞的手，上前去敲了一下门。门很快就开了，他们一前一后地走了进去，进去之后，邦德一下子像失了魂一样站在那里一动不动。哈瑞看他这样，就在旁边捅了捅他，可是他似乎毫无察觉，他已经完全被眼前的景象惊呆了。

第十三章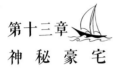
神 秘 豪 宅

　　打开门，里面是一间宽敞而豪华的会客厅，与纽约那些穷奢极欲的百万富翁们的私人办公室相比，一点儿都不逊色。屋里各种物什的布局也显得十分协调，大约有二十英尺见方的面积，墙壁和天花板是浅灰色的，地板上则铺着绯红色的地毯，墙上挂着几组彩色板画，整个屋子无论怎么看，都显得富丽堂皇。一个暗绿色的吊灯从天花板上吊下来，使得整个屋子笼罩在典雅而温馨的氛围中。

　　靠近屋子的右边，有一张桃花木做成的写字台，看起来很古朴，上面铺着绿色的台布，台布上放了一部电话机和几件精美而别致的文具。房间的左侧摆了一张餐桌，餐桌的旁边是两把磨得发亮的椅子，看得出来，这里常常宾客盈门。写字台和餐桌上各放了一只花瓶，里面插着刚刚采摘下来的鲜花，一副娇艳欲滴的样子。屋子中很凉爽，空气中有一股淡淡的香味在飘散，在弥漫。

　　房间里有两个女人。一位正坐在写字台旁边，手里握着一支钢笔，面前放着一张打印好的表格，似乎有什么内容等着要填。她看上去像个具有东方血统的姑娘，一头短短的黑发，整齐的刘海儿下面架着一副角质镜架的眼镜。她的嘴角有些微微的上翘，眉梢间流露出一种甜美的喜悦，看上去让人觉得既亲切又热情。

　　另外一个也是一个东方女人，不胖也不瘦，大约四十五岁。她过来替邦德他们打开了门。等邦德等人走到房屋中间时，她才轻轻地关上门。她看起来就像是一个热情而好客的家庭主妇，同样让人感到温暖和亲切。

　　两个人从头到脚穿着一身洁白素衣，皮肤光滑而细腻，脸色却很苍白，好像从未在阳光下晒过一样，像极了美国高级饭店里的招待员。

　　邦德向四周望了望，期待有什么发现。那个中年妇女则一直不厌其烦地在旁边唠叨个没完。听那语气，就好像邦德他们不是被俘虏的囚犯，而是因为什么原因没有赶上宴会的客人。

　　"你们这些可怜虫，现在才来。要知道，我们已经等你们很久了。先是听说你们昨天下午到，结果我们准备好了点心，后来又准备了晚饭，但都浪费了。半小时前，又听说你们要来这里吃早饭。你们是不是迷路了，所以才耽误了这么久？好在现在你们终于来了。要是没有其他事的话，你们去帮罗斯小姐把表填好。我马上就去给你们铺床，你们肯定累坏了。"

　　说完，她轻轻地叹了一口气，把他们领到写字台前，并挪了挪椅子，请他们坐下。"现在我来介绍一下，我叫莉莉，站在旁边的这位是罗斯小姐，她有几个问题想问你们。噢，对了，你们抽烟吗？"说着，她从桌子上拿过来一个精致的盒子，打开后放邦德面前。盒子里放着三种不同牌子的香烟。她用手指指着香烟，挨个儿介绍："这种是美国烟，这种是玩偶牌的，这种是土耳其制造。"接着，她打燃了一只精致的打火机。

邦德抬了抬手铐，从盒子里取出了一支土耳其香烟。

莉莉好像很吃惊的样子："哎，他们怎么能这样！"感觉得出，她有点儿不好意思。"罗斯小姐，快把钥匙给我拿来，快！我说过多少次了，怎么可以这样对待病人，这是绝对不允许的！"她的声音显得有些急促不安，"外面那帮人老是充耳不闻，简直都当成耳边风了，非得好好说说他们才行。"

罗斯小姐遵照她的吩咐，拉开了抽屉，把放在里面的钥匙拿了出来，递给她。莉莉接过钥匙，挨个打开了戴在邦德他们手上的手铐。接着她走到写字台旁边，抬手把手铐扔进了废纸桶，就像扔掉一块旧绷带一样，毫不觉得可惜。

"谢谢！"邦德不明就里地说了一声，猜不透她们到底在搞什么名堂。他重新把烟拿起来点燃了，然后转过头看了看哈瑞，发现她很恐慌，两只手正死死地抓着椅子的扶手，一点儿都不敢放松。邦德故作轻松地向她笑了一下。

"好了，时间不早了，我们也该完成这个表格了。我会尽量快一点！"罗斯小姐摊开她那已经准备好了的长长的表格，严肃地说道："请回答几个问题。请问，您叫什么名字？"

"布顿斯，约翰·布顿斯。"

她快速地写着。一边写一边继续发问。

"通讯地址呢？"

"英国伦敦摄政公园动物学会。"

"职业？"

"鸟类学家。"

"噢,不好意思!"她微微一笑,脸上露出了一对圆圆的酒窝,"能把你名字的字母拼一下吗?"

邦德屏住气,一个字母一个字母地读出了他刚才报出的名字。

"谢谢。那您这次来这儿的目的是什么,能告诉我吗?"

"鸟!"邦德沉着地回答,"我还是纽约奥杜本协会的代理人,他们有一块租地在这个岛上。"

看得出来,她写字的速度很快。但填完这栏时,不知为什么,她在后面画了一个问号。

"我说的这些全都是事实,我一句都没撒谎。"邦德看到后急忙解释道。

罗斯小姐突然抬起头,盯着哈瑞,并很有礼貌地向她点了点头。随后向邦德询问道:"她是您的妻子?她对鸟类也很感兴趣吧?"

"你的猜测很对,确实是这样。"

"那她叫什么名字?"

"哈瑞!"

"这名字很好听。"罗斯小姐一边匆匆地写着,一边对她听到的一切做出评价,"还是和刚才一样的那几个问题,请您按顺序讲给我听。"

邦德按照她的要求,挨个儿回答了那些问题。罗斯小姐小心翼翼地把它们一一填在表中,然后说:"好了,布顿斯先生!就这么多了,非常感谢您的配合,希望你们在这里过得很愉快。"

"谢谢你的祝福!很高兴能认识你。我想,我们会感到很愉快的。"

邦德站起身来，哈瑞也跟着站了起来。看得出，她脸上的表情比刚才平静柔和多了。

莉莉在一旁，见他们的表已填完，便说："好吧，你们跟我来吧。"

她走到了屋子的另一扇门边，停下来刚要开门，好像突然间想起了什么，马上回头问道："噢，罗斯小姐，他们的房号是多少来着？我忘了，能告诉我吗？是那套乳白色的吗，亲爱的？"

"没错，就是那套，他们的房间号分别是 14 号和 15 号。"

"谢谢，亲爱的！走，咱们走吧。"她打开门，走了出去，然后又回头叮嘱道，"我在前面领路，这条路还不近呢。"

"这儿太不方便了，应该装部电梯。诺博士早就说过了，可他实在太忙了，你根本想象不到每天有多少事情都在排着队等他处理。"她边走边说，并轻轻地笑了一下，"他可是个大忙人呀！"

"嗯，跟我想象的一模一样。"邦德很绅士地回答道。

跟在那个女人后面，邦德拉着哈瑞的手，沉着而冷静。前面是一条长长的小巷，长约一百码，一直向下面延伸。看样子，一直要通到山底下去。邦德估计这也许是一个地下建筑，工程的规模看起来很可观，诺博士一定花费了很大的精力。

越往下走，邦德觉得问题越严重。从眼前所见到的情况来看，要想从这里逃出去，几乎是不可能的。一切反抗都将是徒劳，只能听天由命了。尽管前面有个温文尔雅的女人给他们带路，但邦德明白，这并没有给他带来任何好运，她的话是不能违背的。显然这一切是事先已经安排好的，早在计划之内。

小巷的尽头又出现了一道门。几个人停在门口，莉莉按了下门铃，门打开了。一位姑娘迎了出来，从外表看，又是一位带有东方血统的混血儿。她长得很漂亮，脸上总是带着微笑，仿佛永远也笑不完。

莉莉对她说道："梅小姐，约翰·布顿斯夫妇就住在这儿。你把他们送到房间去，我看他们都累坏了，照看好点儿，他们吃完早饭后得好好睡一觉。"然后又转身对邦德说："这位是梅小姐。有什么需要就按铃叫她，不要不好意思讲，她对病人从来都尽心尽责。"

病人？邦德百思不得其解。这是他第二次从她嘴里听到这个字眼。

邦德没有继续往下想了，他有礼貌地对梅小姐点了点头："您好，小姐，请问我们的房间在哪里？"

梅小姐虽然第一次跟他们打交道，但看起来很热情："前面就是，跟在我后面，我带你们去。相信你们肯定会对这里感到满意的。另外，你们的早餐已经准备好了，现在就去吃吗？"

说着，她带着他们走向右边的一排房间。细长的走廊显得幽深而静谧。每个房间上都写着门牌号，他们一直走到了最里头的两个房间，看到门牌上分别写着 14 和 15。梅小姐拿出钥匙，打开了 14 号房门，邦德他们随着她一块儿走了进去。

这是一个布置得非常雅致的双人套间，四周的墙壁都涂成了淡绿色，甚至起居室和洗澡间也是如此，光亮的地板上嵌着白条。房间被打扫得很干净，各种各样的设备应有尽有，并且都是现代化的，完全不亚于那些星级宾馆的上等客房。唯一不同的是，房门的里面没有安装插销，屋里面也没有窗户。

梅小姐饶有兴趣地看着他们，似乎在等待他们是否有什么要求。

邦德向四周望了望，转过身面向哈瑞："这儿看来很优美、很舒适，亲爱的，你说是吗？"

哈瑞低着头，手在下面把衣角卷来卷去。听到邦德的问话，她略微点了点头，避开了邦德直视过来的目光。

这时，从门外突然传来了两下轻轻的敲门声，然后，便看见一个和梅小姐装扮得差不多的姑娘，手上端着一个很大的盘子，小心翼翼地走了进来。她把盘子放在餐桌上，揭开了盖在上面的白布罩，又摆好椅子，才转身走出屋子。原来她是来送餐的，咖啡和烤肉的香味立即弥漫了整个房间。

梅小姐和莉莉准备离去，两人走到门口时莉莉似乎突然想起还有什么需要补充，便回过头来强调道："记着，若有什么吩咐，需要什么，请按铃，我们 24 小时都有人值守。开关就在床头，不要太客气。我再次希望你们能感到满意。对了，顺便提一下，衣橱里面有换洗的衣服，这些衣服都是昨天晚上专门为你们定做的。不过都是东方式样的，不知道你们喜不喜欢，你们请便好了——但愿你们喜欢。诺博士吩咐过，一定要让你们非常满意。他让我转告，白天你们就在这儿休息，晚上如果你们赏脸的话，他想请你们共进晚餐。"她停顿了一下，看了看邦德和哈瑞，脸上露着神秘而诡异的微笑，像是在给他们时间，要他们好好考虑一下。感觉时间差不多了，她才开口问道："你们看，我该如何回复诺博士？"

"请转告诺博士，谢谢他的盛情款待，我们非常愿意和他共进晚餐。"邦德说。

"真干脆！我想，他听了一定会很高兴的。"说完，那两个女人一前一后地退出了房间，并随手带上了房门。她们的动作很轻，给人一种极富教养的感觉。

邦德目送她们走出房门后，转过身来盯着哈瑞。哈瑞显得极为烦躁，低着头，仍旧不愿直视他的目光。她也许平生第一次走进这样富丽堂皇的房间，并莫名其妙地受到如此殷勤的款待，她有些受宠若惊。她对眼前所置身的环境有一种不寒而栗的恐惧，这种恐惧感要远远超过刚才在外面所经历的一切。她站在那里，脸上满是泥土，有些不知所措，还有些无助，两手不自觉地用力拉扯着衣襟，一双泥脚来回地在地毯上擦来擦去。

看到此景，邦德忍不住大声笑了起来。瞧她那副备受惊吓的神态，还有那身破烂不堪的衣服，同这里的一切显得多么不协调，太有讽刺的效果了！实际上跟她相比，他也没好到哪儿去，同样是一身泥土。两个穷途末路的人，最终归宿却偏偏是如此优雅的场所，实在不能不说有着很浓厚的喜剧色彩。

邦德走上前去，捉住了她那双冰凉的手，故作轻松地说道："哈瑞，恭喜你！跟我一样，你也成了一个又脏又烂、不折不扣的稻草人。现在，你是想趁热吃掉早餐呢，还是先换下身上这些破烂衣服，痛痛快快洗个澡，等饭凉了再吃？不管怎样，我们住进了这么舒适而漂亮的房间，而且早餐又这么丰盛，多少都值得庆贺一下！"

哈瑞很不自然地笑了笑，蓝色的双眸里充满了忧虑："眼前发生的一切，你真的一点儿都不担心吗？"她看了看四周，又补充道："你难道一点儿都不感到怀疑吗？你不觉得这根本就是一个陷阱吗？"

"就算是一个陷阱，那又怎么样，我们毫无办法。现在除了吃早餐，你我没有别的选择。我们唯一能选择的是吃热的还是吃凉的。"他使劲握了握她的手，"哈瑞，别再为这些而烦恼了，好吗？把这些都甩给我吧，一切都由我来承担，你只要想开一点儿，没什么大不了的。你看，你现在不就比刚才要好得多吗？好了，你先说，是想先洗澡还是先吃饭？"

哈瑞的回答显得很勉强："既然你这么说，我想……我想，我还是先洗一下吧。"她想了想，继续说道："不过你得帮我一下。"这时，只见她转过头去朝着浴室的方向看去，"长这么大，我可从来没有在这种地方洗过澡，那都是些什么洋玩意儿？我可不知道该怎么用。你帮我把它们调好，行吗？"

邦德笑了笑："这个没问题，小菜一碟，我替你把它们都弄好。然后，你去洗澡时，我就吃早餐。现在，我先替你把水温调好。"说着，他走到衣橱旁，伸手打开橱门，随手从里面取出一条亚麻布长裙，"把你身上的脏衣服脱掉吧，换上这件。我马上去给你准备洗澡水。洗完后你自己再挑一件睡袍。"

"一切就听你的安排好了，詹姆斯。如果你还想看我……"看不出，哈瑞是出于感激还是存心想诱惑邦德。

邦德真想跑过去一下子把她抱住，使劲吻她……可他还是克制住了，反而用一种略显生硬的语气说："换衣服吧，哈瑞。"

递完衣服，邦德转身走进了浴室。浴室里的各种用品都很齐全，男人和女人用的都有，并且全是新的，就连牙膏也都是新开封的。邦德拧开浴盆上的水龙头，然后走到镜子前照了照。镜子里的人目光呆滞，脸色发黄，胡子拉碴，一副疲惫不堪的样子。他无可奈何地苦笑了一下。他知道，眼下这一切看似美好的东西，只不过是一个骗局，背后一定藏着十分险恶的目的。

感觉差不多了，他走回浴盆前，伸手试了一下水温。太热了！于是他又放了些冷水。当他再一次俯身试水温时，感觉有人从后面伸出两条胳膊，搂住了他的脖子。肯定是哈瑞，他的猜测没错，他直起身子，扭头看见哈瑞正穿着一件金色的旗袍，在白色瓷砖的映衬下，显得格外耀眼。她一个劲地在邦德身上狂吻。邦德趁势把她拥在怀里，心急剧地跳动着。她的呼吸也急促了很多，附在他的耳边喃喃低语："我穿上这件衣服，就感觉自己成了新娘，就成了你的人了。我什么都不管，反正你已经和那个女人说好了，我是你的妻子。"

邦德爱怜地摸着她的脸，她的身子。一双大手一点儿一点儿地从她皮肤上划过……他紧紧地搂着她，一种本能的冲动就要从他体内一涌而出。他很想让自己随激情而去，但是理智告诉他，现在正是性命攸关的时刻，必须时刻保持高度的冷静，方能寻找机会，逃脱眼下的困境。现在，绝对不能太感情用事。

想到这儿，他把手从她身上拿开，转而搂住她的脖子，并用自己胡子拉碴的脸摩擦着她细白的面颊。接着，捧起她的脸，在她的嘴唇上深深地吻了很久。

邦德两手扶着她的身体，轻轻地向后退了一步。两人刚好四目相对，眼睛里充满了渴望与激情。哈瑞喘着粗气，嘴唇微微张开，露出两排洁白的牙齿。邦德的语气仿佛也不再那么坚定了："哈瑞，听话，快到浴盆里去，水马上就要凉了。否则我要打你的屁股了。"

哈瑞一笑，脱掉衣服，走进浴盆，躺了下来，并仰头看着邦德，一头金黄色的头发浮在水面上，随着水波一闪一闪地发着亮光。她故意撒娇："我要你来帮我洗，你得教教我应该怎样洗。"

邦德装出很严肃的表情："别再胡闹了，哈瑞，也不许再卖弄风情。听话点儿，香皂在这儿，赶快洗吧。你这疯丫头，现在不是谈情说爱的时候。好好享受吧，我先去吃饭了。"邦德走到门口，打开门。

"詹姆斯！"哈瑞轻轻喊道。邦德忍不住回过头去。她冲他扮了一个鬼脸。邦德狠狠瞪了她一眼，走了出去，随手把浴室的门也带上了。

邦德走进卧室，揉了揉眼睛，又使劲用手搓了搓脸，来回晃了晃脑袋，以尽量让剧烈的心跳平静下来。同时提醒自己，无论如何，现在都不能过多地想她。

邦德感到头脑完全清醒时，便开始仔仔细细地搜查所有的房间，看是不是被人安装了窃听器或摄像头之类的小东西，顺便看看能不能找到可以出去的地方或是可以当作武器的东西，结果使他很失望。在卧室里，他看见墙上有个挂钟，上面的指针正指着八点半，床头上的按钮上标着服务员、理发师等字样。屋子里没装电话机。另外，每个房间的顶部都有一个通气孔，两英尺见方，用很坚固的钢筋固定着。邦德用肩膀顶了顶，纹丝不动。这完全是一座地牢，一座布置得富丽堂皇的地牢。任何抗议，任何反对，都毫无用处，因为门已经被死死地关上了。关在这座地牢里，就像老鼠被关进了笼子，唯一能做的，也只能是蹦蹦跳跳地去享受主人赏赐给自己的食品了。

"先不管这些吧，还是填饱肚子再说。"邦德心想。邦德挪过一把椅子，在餐桌旁坐了下来，开始吃早餐。盘子里装着一份油炸鸡，一份煎鸡蛋，四根火腿，一大块酱式猪排，还有面包和果酱，一大杯冰镇苹果汁，香气扑鼻，激起了邦德的无限食欲。

浴室里突然传出了一阵歌声，是哈瑞唱的。邦德好像一点儿都不感兴趣，索性堵住耳朵，专心吃早餐。

大约过了十分钟，浴室的门打开了。听到响声，邦德急忙放下手上的面包和果酱，腾出手来蒙住眼睛。见此情景，哈瑞咯咯地笑出了声："这儿有个胆小鬼，居然连一个不懂事的小姑娘他都害怕。"她来到衣橱前，打开衣橱，一边在里面选衣服，一边继续自言自语："让我来猜猜，他为什么那么怕我。对了，他一定是害怕自己对付不了我。嗯，肯定是的，他就怕这个。他也许不够强壮，虽说他的胳膊和胸脯都很结实，但我没看见他别的地方。不知他的其他地方都够不够强壮，说不定是个大草包。对，他一定是不敢直接面对我，他甚至不敢当着我把衣服脱掉。哈哈，现在我倒要来试试，看看他喜不喜欢我这个样子，看看他是不是真的没有反应。"她提高了嗓门，喊道："亲爱的，快来看看我的这身衣服，白的底，蓝的花，上面还有一群飞翔的小鸟。好看吗？你喜欢吗？"

"我说喜欢，你就高兴了，是吧。你这个小坏蛋！"邦德把手从眼睛上移开，说道，"别在那儿耍贫嘴了，快点儿来吃早饭吧，我已经吃完了，准备去休息了。"

哈瑞听完邦德的话，喊了一声："噢，你如果说我们俩该上床了，那我马上就来。"

换完衣服，哈瑞高高兴兴走到餐桌边坐下，脸上带着娇美的笑容。邦德不得不承认，她魅力四射，浑身上下散发着青春、快乐的光芒，一双蓝色的大眼睛熠熠生辉。她的头发也梳得很别致,一半斜搭在前面,遮住了小半张脸,另一半留在耳后。这种发式完全掩盖了她鼻子的缺陷。这使邦德觉得,她即使和那些最漂亮的姑娘站在一块儿,也毫不逊色,甚至还要强十倍。但他知道,现在不是和她谈这些话的时候。她坐在邦德对面,两只手扯着衣襟,故意袒露出一大半乳房,以吸引邦德的注意力。

邦德知道她的用意,于是严厉地批评她说:"你的确很迷人,哈瑞!可没有人像你这样,把睡衣弄成这副样子。快把衣襟拉上去,遮住身体。你这样,就像一个应召女郎。你要是穿成这个模样坐在餐桌上吃饭,可就有点儿不像话了。"

"哎,你怎么是个十足的冷血动物呀!一点儿都不懂得风情!"哈瑞把衣襟往上提了提,"跟我调调情有什么不好呢?你不喜欢吗?我就想跟你玩,就像我是你的妻子一样。"

"现在还不是时候,你现在的任务是吃早饭,知道吗?"邦德表情坚决地说,"快点吃吧,宝贝儿,要不就全凉了。我身上太脏了,我得去刮刮脸,洗洗澡。"说着,邦德站起身来,绕过桌子,来到哈瑞的身边,俯下身子,在哈瑞的额头上轻轻地吻了一下。"难道我真的不想呀?想你想得厉害呢!但现在绝对不行。"说完,邦德没看她的反应,直接走进了浴室。

洗完澡,邦德突然间觉得头昏脑涨,全身发软、无力,连头都抬不起来,甚至连刷牙的力气都没有了。一种无法抗拒的睡意慢慢向他袭来。迷迷糊糊中,他感觉自己的意识像是受了什么控制。一定是有人在食物中下了迷药,邦德心想。是咖啡,还是果汁?他已经判断不清了。他的眼睛也困得睁不开，脚也不想动，恨不得立刻就在地板上躺下来。他的脑子里已经是一片空白了。

跌跌撞撞出了浴室后，邦德连衣服都没有穿，不过这已经无关紧要了。看上去，哈瑞好像已经在床上睡熟了。恍惚中，邦德看见哈瑞的衣服被扔在地上，代替衣服的是一条被单，盖在她那裸露的身体上。

邦德竭力克制着自己，不要昏睡过去，他挣扎着走过去，替哈瑞把灯关上。然后连滚带爬地到了另一间卧室，一下子倒在床上。他想伸手去关灯，可手一点儿都不听使唤，结果把灯打翻在地。叭的一声，灯上的玻璃罩碎了一地。可他竟一点儿反应都没有，迷迷糊糊地就什么都不知道了。

墙上挂钟的指针这时刚好指向九点半。

大约十点钟的时候，房门被轻轻地打开了。接着，便出现一个身材瘦长的男人，站在门口。他个头儿很高，像一尊铁塔，足有六英尺六英寸。他双臂环抱在胸前，站在门口听了一阵，发现没有什么异常动静，便蹑手蹑脚地走了进来，一直走到哈瑞的床前。他俯下身去，仔细倾听着她均匀的呼吸。过了好久，大约他确信没有问题了，这才轻轻地打开了一个开关，一道很强的灯光瞬间从他胸前射出，哈瑞的脸部轮廓顿时清晰地出现在他的眼前。

他紧紧盯着哈瑞的面孔，一双不可捉摸的眼睛在上面停留了很久，然后慢慢地伸手想揭开盖在她身上的被单。与此同时，他的手也随着他的动作，一点儿一点儿地从长长的衣袖下露了出来。这不是一般人的手，这是一只假手，一只黑色的手，一只自动化的机械手。

他默默地检查着哈瑞那全裸的身体，脸上没有一丝表情。他慢慢地移动着灯光，仔仔细细地把她身上的每一个部位都检查了一遍，然后重新给她盖上被单。准备离开时，再一次把灯光打在哈瑞的脸上。这次停留的时间似乎更长，过了好一会儿，他才关上灯，然后又悄悄地溜进了邦德的卧室里。

在邦德的房间，他待的时间要更长一些，神情也更严谨，看得也更为仔细，连一条条细小的纹路都不放过。他先测了测邦德的脉搏，又认真地检查了他身体各部分的肌肉，并对胸肌、腹肌、股肌，以及手臂上的肌肉作了一番认真的研究，好像想弄清它们在苏醒后，到底能发挥多大的能量。最后，他还抬起邦德的手，看了一眼邦德的手相。

做完这一切之后，他给邦德轻轻地盖上了被单，悄悄地退出房间，并把房门关好。一切都做得神不知，鬼不觉。

第十四章
海 底 世 界

在那间华丽而神秘的地牢里，邦德从上午一直昏睡到下午。

四点半钟的时候，邦德终于醒了过来。不过，他觉得头还是有些隐隐作痛，值得庆幸的是，身上已不那么疲软了。他躺在床上伸展了一下四肢，发现它们并没有什么大碍，仍然十分有力。邦德把发生的一切迅速地在脑子里过了一遍，思考着下一步该怎么办。

从门口透进来了一点儿灯光，那是哈瑞房间里的。接着又传来了她的脚步声。邦德立刻从床上一跃而起，站到地板上。地上有一盏被摔坏了的台灯，周围尽是玻璃碎片，他依稀记得这是他临睡前打碎的。他小心地避开地上的碎玻璃，来到衣橱旁，胡乱抓了件晨袍穿上，然后就往通向哈瑞房间的门走去。

邦德轻轻地推开哈瑞的房门，哈瑞一点儿都没有发现。邦德看见她睡前穿的那件晨袍搭在床头上，而她正站在穿衣镜前，试另一条长裙。这是一条天蓝色的丝裙，典雅而高贵，衬托着她那光洁细腻的皮肤，非常好看。

"很好看，就穿这一件吧。"邦德脱口而出。他的话把哈瑞吓了一跳。她转过身来，看了一眼站在门口的邦德，"是你呀。吓死我了！"说完便咯咯地笑开了，"我已经去看过你好几次了。你睡得好香，我还以为你永远醒不过来了呢！我本来打算等到五点钟再去叫醒你，可你自己却四点半就起来了。真是太好了！我们去弄点吃的来，好吗？"

"当然可以。"邦德从床前绕到她背后，悄悄地伸出手把她拦腰抱住，然后看了一眼床头上的那排按钮，其中一个上面写着"服务员"三个字，邦德在上面按了一下，然后说道："还想要什么？尽管吩咐！在一切还未到来之前，咱们不妨先来尽情地享受享受。"

哈瑞笑了起来，问："可以找人来给我修修指甲吗？"

"没问题，我马上就叫人来为你修指甲。晚上我们不是还要去赴宴嘛，我们要收拾得利利索索、漂漂亮亮地去见那个该死的诺博士。"他嘴里一边这么说着，心里一边盘算着从哪儿才能搞到一件可以当作武器的东西，哪怕只是一把剪子或一把小刀也行。只要有，总比两手空空要好。

他在另外两个按钮上又按了一下，然后站起身来，把房间彻彻底底地搜索了一遍，但什么也没有找到。不过他意外发现，有人趁他们熟睡时进过房间，因为他们俩早餐时用过的餐具都被拿走了，只剩下那个大盘子和两张菜单还放在桌子上。邦德拿起菜单一页一页地翻看着。

有人敲了两下门。梅小姐来了，还有另外两个混血的东方姑娘跟在她身后，她们一起出现在门口。邦德对她们的问候就像没听见一样，置之不理，只是一连串地下命令，吩咐她们给哈瑞送面包和奶茶，还要求她们给哈瑞梳理头发和修剪指甲。下完命令，邦德关上门，进了浴室，洗了一个冷水澡。

　　洗完澡后，梅小姐又来了，这一次是请邦德点晚饭的菜。他根据自己的喜好，随便点了几道。哈瑞说她从未点过菜，于是邦德又替她点了几样，最后还专门为她要了一杯热饮。

　　点完菜后，梅小姐补充了一句："诺博士让我转告二位，如果方便的话，他想在七点四十五到八点钟之间见你们。你们看是否合适？"

　　"无所谓，按照你们的安排来好了。"

　　"谢谢，布顿斯先生！那我七点四十五分来接你们。"

　　看见那两个姑娘还在为哈瑞做头发和修剪指甲，邦德装作很感兴趣的样子凑到化妆台前。实际上他心里正在盘算，如何从她们那儿偷一把剪刀或其他的什么东西来当武器。但他马上发现，这主意根本就行不通，因为他注意到，那些剪子、小刀一类的工具都系在她们身上，根本没法取。

　　哈瑞从镜子里看见了邦德，冲他微微一笑。邦德也跟着无奈地笑了笑。"你注意点儿，别让她们把你搞成一只猴子了。"说完，邦德从旁边倒了一杯威士忌和一杯苏打水，端回自己房间，然后有些懊丧地一屁股坐在床沿上。

　　那两个姑娘为哈瑞化好妆后，哈瑞走过来让邦德看下效果，本想他会夸她几句的，没想到他连头都不愿抬一下。哈瑞一扭身，走回自己的房间去了。

　　邦德长长地叹了一口气，一仰脖喝光了杯中所有的酒，然后又去倒第二杯。这时他才抬眼看了哈瑞一下，像是想弥补刚才的过错，随口奉承道："哈瑞，你真漂亮！"说着，他抬头看了看墙上的挂钟，又把第二杯酒也灌下了肚。然后，他打开衣柜，从里面取出了一件黑色的外衣套在身上。

七点四十五分，梅小姐准时来了。她领着邦德和哈瑞走出房间，三人一起穿过一条很长的小巷，来到一部电梯前。电梯的门开着，旁边站着一个开电梯的姑娘，很热情地接待了他们。他们走了进去，电梯便立即开始下降。邦德的心也随之一沉。他知道，越往下降，逃走的机会越小。想到这儿，他不由得紧皱眉头，但他马上意识到，绝不能让这种情绪影响到了哈瑞。哈瑞还把他当作唯一的希望呢。

于是，邦德便自我掩饰道："真不好意思，哈瑞，我感觉有点儿头疼。"他不能让哈瑞察觉到心中的烦恼，尤其不能让她知道，他还没有想出一点儿办法从这儿逃出去。最让他感到懊丧的是，如今已经身陷图圈，花了这么大的代价，却连这里任何一点儿真实的秘密都没找着。像这样下去，真是白白地来送死。每当想到这儿，邦德就觉得特别对不起哈瑞。

哈瑞往邦德身边了靠："詹姆斯，但愿你没有生我的气。我希望这一切都尽快结束。"

邦德尽力装出一副笑脸，说道："哪里的话，亲爱的，跟你无关，我只是在生自己的气。"然后，他放低了声音："今天晚上一切由我来应付，到时看我的眼色行事，你不用紧张，不要被那个诺博士的虚假气势吓倒，他可能只是个疯子而已。"

她郑重其事地点了点头："我尽力而为。"

电梯轻微地抖了一下，停了下来。他们到底下降了多少，一百英尺，还是两百英尺？邦德有些说不准，只是感觉下降了很久。这时电梯门开了，二人走出电梯，立刻置身于一间很大的屋子。

房间的空间很大，大约有六十英尺长，十分宽敞。其中有三面墙都挤满了书架，书架一直顶到了天花板上。剩下的一面墙似乎是用深蓝色的玻璃制成的，差不多能映出人像。一张很大的桌子放在屋子中央，上面堆着各种期刊和报纸。桌子的四周是一圈软座椅，上面套着暗红色的套子。地上铺着深绿色的地毯，上面摆放着几个落地灯。一个酒柜莫明其妙地悬挂在玻璃墙上。整个房间给人的感觉既讲究，又神秘。

邦德发现好像有什么东西在那面玻璃墙后晃动，他有些好奇，走近了看，原来是大大小小的几条鱼。奇怪，这是一个大鱼缸吗？邦德抬起头来，发现屋顶居然也是玻璃造的。透过玻璃屋顶，还能隐隐约约地看见一片淡淡的星光。这究竟是什么地方？怎么还能看到星星？他定睛一看，那不是猎户座吗？邦德这才恍然大悟。原来，这根本就不是一个鱼缸，而是一面钢化的玻璃墙，外面是海水，他透过海水看见了外面明朗的夜空。

这暗示着，他们目前正在海底。

邦德和哈瑞被这眼前的景象给弄蒙了，呆呆地站在那里，眼睛瞪得老大，怎么也不敢相信。邦德心中涌出无数疑问：这个工程到底有多大？它是怎样设计出来的？又是怎么施工的？他很难想象得出。其他的且不说，光这面玻璃墙就够费劲的。它有多厚？在哪里加工的？又是怎样运上海岛的？然后又是怎样安装上的？它耗费了多少钱呢？它们就像谜一样，邦德百思不得其解。

"一百万美元！"一个瓮声瓮气的声音从邦德身后传来，带着浓重的美国口音。

邦德慢慢地转过身子，循声望去。

说话者不是别人，正是诺博士。他缓缓地走到桌子边，停了下来，脸上露出一丝得意的微笑。

"如果我猜得没错，你们一定正在估计这项工程究竟耗费了多少钱财。凡是来这里的人，只要看几分钟，无一例外都要提出这样的问题，我想，你们大概也不会例外吧？"

"没错！"邦德尽量装出一副笑脸。

诺博士绕过桌子，向他们慢慢走来。他走一步，停一停，走路的姿态就像机器人，显得十分僵硬。一件长长的睡袍一直拖到地上，遮住了他的脚，使他看上去就像是从地板上滑过来的一样。

瘦，直，高。这是邦德根据对他的第一印象总结出来的三个词。诺博士的确很高，邦德已经算高的了，可他看起来比邦德至少还要高出六英寸——假设他挺直了腰板，可能还要高一些。他长着一个上大下小的脑袋，顶端又圆又亮，下巴则又尖又瘦，就像一滴倒过来的雨珠，不，准确点儿说应该是就像一滴倒过来的油珠。他的皮肤又黄又亮。

邦德实在看不出他的年纪到底有多大。他脸上的肌肉紧绷绷的，一道皱纹都没有，前额和脑门光洁而细腻，脸上其他部位也像打磨过的象牙一样光滑。眉毛则又粗又浓，略微有些上翘，两只眼睛向外突出，又黑又亮，但由于旁边没有睫毛，就像是两个黑洞洞的枪口。一张大嘴紧紧闭着，似笑非笑，让人不寒而栗。

诺博士走到他们旁边，停了下来，平静的神色中夹带着一丝痛苦。

"请原谅，我不能同你们握手，"说着，他慢慢地扯起其中的一只袖子，"我无法做到这一点——因为我没有手。"

这时，只见一只钢制的义肢从他那宽大的衣袖下面一点儿一点儿露了出来。然后，他又放下袖子，把钢爪藏了进去。

邦德发现身旁的哈瑞都看呆了。

诺博士用他那双枪口一样的黑眼睛盯着哈瑞，视线落在她的鼻子上，停留了好一会儿。"真遗憾，"然后他又把目光转向邦德，"怎么样，我的水族馆很有欣赏价值吧！一般的男人感兴趣的是陆地上的动物和鸟类，我跟他们不一样，我特别喜爱鱼类。我相信你们也会同我一样，喜欢上这里的。"

"为你的成功表示祝贺，这间屋子给我的印象太深刻了，我永远也不会忘记。"邦德说。

"谢谢你的恭维，"他的声调依然没有什么变化，听起来毫无感情色彩，除了略显出几丝讽刺，"我想和你们讨论的问题有很多，可惜时间太少了，不然……请坐下谈吧。想喝点什么吗？要抽香烟的话，尽管讲，这里有。"

说完，诺博士很谨慎地向一把高背椅子滑去，然后坐了下来，正好坐在邦德的对面。哈瑞在邦德旁边坐了下来。

邦德突然回过头去，因为他感觉到身后好像有什么动静。只见一个身材不高、但很健壮的混血黑人，穿着一条黑色的紧身裤和一件白色的夹克衫站在后面。那人看了邦德一眼，然后把目光移到别处。

诺博士介绍道："他是我的保镖，也是个多面手的专家。你们不用对他的突然出现感到费解，因为我身上有一个微型步话机。"他指了指胸前："一旦需要的话，他可以随叫随到。"顿了顿，诺博士又继续问道："这位姑娘想喝点什么呢？"

邦德注意到，他没有说"你的妻子"。

听到诺博士的话，哈瑞依然两眼平视前方。"一杯可乐吧。"哈瑞脸上毫无表情地说。

看到哈瑞这副样子，邦德原本绷紧的心稍稍放松了一下，至少她还没有吓昏了头。"我想要一杯伏特加兑过的马提尼酒，再加上一片柠檬，最好用力搅一搅。伏特加最好用俄国或者波兰的。"邦德说。

"看来，你非常了解自己，你知道自己需要什么，并且从来都不亏待自己。很好！在我这里，你所需要的一切都能得到满足。事情本来就应该这样。一个人如果想得到什么，他就会想尽一切办法达到目的，这就是我的经验。"诺博士的表情稍稍舒展了一些。

"在生活方面或许是这样。"

"不，在任何事情上都是可能的——首要问题是你得具备那样的野心。在一件大事上，如果你还没有达到目的，那是因为你的野心还不够。只要你有能力，有毅力，世上没有任何你办不到的事。有人说，只要给他一个支点，他就可以撬动整个地球。其实，只要有意志，转动整个世界都没问题，"诺博士撇了撇嘴，"当然，这些都是题外话，先不说这个，我们还是来谈谈正事吧。我希望，我们能够开诚布公地谈一谈。"

诺博士继续说道："你是说你要伏特加兑的马提尼酒，是吧？好的，这个没问题。"他吩咐手下道："请按这位先生的要求，给他端一杯伏特加兑的马提尼酒来，并给这位姑娘端一杯可乐来。"然后，他把目光又转到他们俩身上："还记得我们的约会吧。现在是八点十分，九点钟我们一起去吃晚饭。"

诺博士轻轻地挪了挪身子，目光久久停留在邦德的脸上，半天没有开口。屋子里一阵沉默。过了一会儿，诺博士终于忍不住说道："情报局的詹姆斯·邦德先生，不要再隐瞒了。现在，我们都打开天窗说亮话吧。我先将属于我的一切秘密毫无保留地告诉你，然后，我想听你讲你的故事。"他的目光显得十分阴沉，"切记一点，我们都要实话实说。"

说着，他伸出一只钢爪，语气也加重了几分："我保证会这样做，不过你也要保证必须这么做。要知道……"他用钢爪指了指自己的眼睛，"我的眼睛绝不会漏过一点一滴。"

只见两道阴森的目光从他枪口般的黑眼睛里射出来，恐怖无比。

第十五章
狂 人 魔 道

　　邦德拿起酒杯慢慢地啜着，大脑飞快地转动，思考着问题。他暗暗忖到，照现在这个情形看，必须继续向他们隐瞒自己的真实身份，同时也不能再用目前这个代理人的身份了。不过现在最重要的是他必须尽量为哈瑞开脱，尽量使她不受牵连。

　　他看着诺博士，故作镇定地淡淡一笑，说道："殖民局里有位漂亮的秘书，塔罗小姐，我以前见过，如果我没有猜错的话，是你把她安插在那里当情报员的。多么深思熟虑啊，你事先让她混进了殖民局里，并偷走了关于你的全部资料和档案，但却没有想到因此弄巧成拙，反而使她成了可疑对象。我就是跟着她才发现那些重要线索的，而且一一做了记录。现在你既然想打开天窗说亮话，那么我们也不妨都开诚布公，摘掉假面具。既然我们的身份互相都清楚了，有些把戏就不用玩了。我知道，你手里拥有很高的权力，但就算你的权力再大，也不应该没有节制地使用。尽管你始终都在我面前表现出你在诸多方面是那么的与众不同。比如：你有一双机械手，你身上安装着微型通话机——让你的保镖随叫随到，即使不在身边也似如影随形。当然，你一定还有不少新鲜玩意儿让你引以为傲，但是我很清楚一点，就是，你跟我们一样，也只是个凡人，你也要吃饭、喝水，也要睡觉。所以，我可以很明确地告诉你，别指望我会对你俯首称臣，你这些玩意儿吸引不了我。"

诺博士笑着摇了摇头。"你真是个坦率的人，邦德先生，我佩服你这样的勇气。但是现在你既然已经落在了我的手里，乖乖听我的安排恐怕是你唯一的选择，我是个崇拜权力的人，喜欢强有力的控制力，所以我早已习惯了别人无条件地绝对服从于我。不要天真地认为我在吓唬你，我曾经是个工程师，酷爱做实验，至于实验对象吗，那是多种多样的，其中当然也包括人。另外，我的实验工具也不少，足够让你眼花缭乱。不过，"他收回两只机械手，"现在我们先不谈这个。既然你到此的目的是挖出我的秘密，那就让我对你从头说起。能有你这么一个聪明的听众，我也是很乐意谈点什么的，因为你要听到的是一个世界上最出色的人物的故事，你很幸运地成了第一个听众，而这个姑娘，"他停顿了一下，指着哈瑞说，"她也将随你获得这份荣幸听听我的故事。"

显而易见，这个家伙思路清晰且老奸巨猾，是个很难缠的角色。想到这些邦德有些心灰意冷，对哈瑞的歉意更甚。尽管从他来到牙买加的第一天开始，就做好了最坏的打算，但他从未像现在这么灰心，甚至在昨天晚上失手被擒的时候，他还一直做着逃出此地的计划。但是，他现在终于发现，他严重低估了对手的实力。这个魔窟般的地下城堡是一个不折不扣的迷宫，陷身其中犹如被关进潘多拉的魔盒，面对的只有邪恶和灾难，想活着出去只能靠上帝来搭救了。

他还是想着尽量能够保护这位可爱的小姐，便对诺博士说："阁下有我一个听众就足够了吧，咱们男人之间的事，别让女孩子掺和。我和她只是萍水相逢而已，没有任何亲密的关系。昨天早晨我在海滩上吹风，无意间碰到了她，她从摩根港旅行到此，只不过是为了采集一点儿贝壳——小女孩就喜欢这些，你知道的。不巧碰上你手下的人打坏了她的船，她回不去，只好跟我在一起。你这种身份的人，不要和她计较，放她回家去吧。我保证她什么也不会说，我可以让她现在就发誓不对任何人说关于这里的情况……""不，我偏要说，我会把所有的事都说出去。"哈瑞突然气呼呼地嚷道，"我不要走，我要和你在一起。"

　　邦德瞪了她一眼说："你什么也不懂，我不需要你留在我身边。"

　　诺博士漠然地看着他们，说道："骑士先生，忘了那些英雄救美的事吧，我不会心软的。只要来到了这个岛上就不可能再离开，懂吗？不管什么人，哪怕是一个无知的渔夫。这就是我的规则，我的法律。你没有权利和我讨价还价，在法律面前，我向来一视同仁。"

　　邦德盯着他的脸，他脸上没有一丝怒容和情绪波动，只看出一种从容不迫的冷漠的神色。邦德觉得无计可施，耸耸肩膀，然后对哈瑞歉意地笑着说道："对不起，哈瑞，我那么说没有讨厌你的意思，其实我也舍不得你离开我。好吧，就让我们待在一起，听听这个神经病的胡言乱语吧。"

　　哈瑞听邦德这么一说，高兴极了，就像一个刚因调皮被责怪而很快又因吃到糖果而高兴的小女孩。

　　诺博士微微一笑，缓缓地说："你说得很对，邦德先生，我确实是个疯子，但你也清楚，所有的伟人他们都是疯子，正是因为有疯狂的想法，他们才实现了理想。那些大科学家、哲学家、领袖人物，谁不是疯子？正是因为他们有着执着而近于疯狂的追求，才能不择手段，置俗人想法而不顾。要是他们也和常人一样循规蹈矩，就根本不可能成就伟大的事业。疯狂，亲爱的邦德先生，对我来说，这是和天才一样珍贵的无价之宝。而浪费自己的精力碌碌无为，像常人一样墨守成规则是滔天大罪。"

他身子稍微向后仰着，放松了一下说道："我决不做这种庸俗的罪人。不错，我愿意做一个疯子，一个疯狂追求权力的疯子。"他那死黑色的眼睛里闪出一道慑人的寒光："这就是我生命的意义，也只有这样才能解释我为什么要一直待在这儿，为什么你会留在这里，以及你眼前所有的这些东西。"

邦德慢慢地喝完杯子里的酒，又把酒杯斟满，说道："对于这些陈腔老调，我并不会感到奇怪，你太狂妄了，你想让自己拥有的权力和英国女王或美国总统一样大，你甚至把自己设想成上帝。不过，他们的权力是公众赋予的，人人皆知，而且有充分的保障。而你做的却是把自己关起来。真搞不懂你为什么要这么做，你就这么喜欢把自己封闭在这么一个小小的地牢里，自封为王地意淫吗？"

诺博士的脸上第一次闪露出恼怒的神色："邦德先生，权力的作用是至高无上的。而实施权力的重要前提就是要有一个可靠的基地。谁是那个在基地里想做什么都能做到的人，谁就是那至高无上的权力的主人，这一切对我来说都是毋庸置疑的。世界上是没有人能与我相提并论的，因为世界太公开了，而要想获得彻底的安全，就必须让自己与外界隔绝。你刚才提到的什么女王、总统，他们手上能有多大的权力？不就是人民给多少他们才有多少吗？太寒酸了。放眼当今世界，除了斯大林，就只有我算得上拥有绝对的生杀予夺大权。至于这么大的权力是怎么由我来控制的，这是一个秘密，除我之外没人能知道的秘密。"

邦德耸了耸肩膀，摆出一副无所谓的姿态说："依我看，这不过是权力带给你的幻觉罢了。事实上，任何一个握着手枪的人，当他拿枪指着别人的时候，都拥有决定那个人生死的大权。如此看来，你周围的这些手下，他们的下场除了被你谋杀之外，恐怕不会有什么别的好结果。而一旦他们醒悟了，早晚会逃离这里，逃离你。因为当他们到了外面的世界后，才会发现自己的生存更有保障，这种情况迟早都会发生。诺博士，你得清楚一点，你所极力追求的权力，不论是其本身，还是这种执着，还有盲目的追求过程都只是虚妄的。"

诺博士听了很平静。"万物皆空，邦德先生。不管是美丽还是丑恶，不管是艺术还是金钱，甚至死亡，统统都是虚幻的，生命本身其实也是一种幻觉。你用不着和我在这些概念性的问题上纠缠不清。我研究过哲学、伦理学和逻辑学，我在这方面知识的造诣不知比你强多少倍。不过现在我想和你讨论的不是这些，让我们继续刚才的话题，谈谈我狂热的权力梦，以及我对此的理解。邦德先生，"他的脸上露出神秘的微笑，"你不会以为凭你三十分钟的一番话就会改变我一生的追求和信仰吧，我肯定你会对我追求权力的历史感兴趣的，我们不妨还是继续谈谈这些。""悉听尊便！"邦德做了个邀请的手势，回身看了看哈瑞，见她正疲惫地用手捂着嘴打呵欠，显然，她不是很适应诺博士这些深奥的长篇大论。

诺博士说道："你们不会对我讲的事实感到厌倦。因为，事实胜于雄辩，实际经历也远比理论生动形象，所以我敢肯定你们不会感到索然无味的。"他没等邦德回答，径自往下说道："我在中国出生，父亲是德国人，一位传教士，母亲是一位中国人。小时候，我住在北京，父母生下我不久就把我抛弃了，是母亲的一个姑母把我养大了。这样生活是一种什么滋味呢？没有爱，也没有温暖，就像一条野狗。"说出"野狗"的一刹那，他眼中闪过一丝野兽的光芒，不过很快就恢复过来，继续说："我长大后，孤身一人到上海谋生。慢慢地我加入了上海的一个黑帮，干了抢劫、谋杀、贩毒这些买卖。很快，我便成了这行的行家里手。有一段时间，我连续不断地作案，最终碰上了点麻烦。那次案发后，我只得逃亡去外地。后来帮会安排我偷渡到美国，在纽约临时落脚。临行前，帮会的老大帮我给纽约最有势力的一个帮会写了一封推荐信。我一到美国，就受到那边帮会的重用，后来组织的老大甚至让我保管这个组织的秘密金库。当时，金库里有百万美元的巨款。我利用了一个机会，私吞了这笔钱，然后逃到哈莱姆黑人区躲了起来。当金库被我搬空之后，那个黑社会组织出现了极大的混乱。几个星期里，他们暗杀了好几百人。为此纽约警方全面出动，抓了组织里很多人。结果这个组织最终瓦解了，而我仍逍遥法外。"

"当时我唯一失策的地方，就是以为自己安全了，而没有立刻

离开美国。没想到几个月后,我被这个组织的头子抓到了。他们
对我严刑拷打,想尽一切办法逼我吐露那笔钱的下落。我死也没
有开口,他们气急败坏之下砍掉了我的双手,还朝我的左胸连开
好几枪,想要我的命。不过他们没有想到的是,我的心脏长得比
正常人偏右。在所有人类中,这种心脏异位的概率连百万分之一
都不到,而我就是靠着这不到百万分之一的机会活了下来,后来
我被送往医院抢救。住院的整个期间,我脑子里想的就只是一件事,
计划怎样携款逃走,怎样妥善保护这些钱,又怎样利用这些金钱
将我的伟大理想实现。"

说到这儿诺博士突然停住话头。他的两颊泛红,身体也在颤抖。
显然他越来越激动了。他闭上眼睛,想让自己平静下来。邦德心想:
现在扑上去能不能杀死他?把一个酒杯打碎也可以当作刀子。

突然间,他的眼睛又睁开了,并凑近邦德说:"你对我的故事
感到厌烦了,是吗?我看你似乎有点心神不定的。"

"没有,我在听着。"邦德装作十分从容地答道。这次机会就这
么眼睁睁地失掉了,他希望下次还会有这种机会出现。他估算了一
下他与诺博士之间的距离,盘算着怎样实现一击必杀。

诺博士放松了一下身体,舔舔嘴唇,继续讲他的故事:"邦德先生,
正是在那个紧要的时候我做了一个重要而明智的选择,一个保存我
财产的绝佳妙计,一个深谋远虑的选择。出院之后,我找到纽约最
大的邮票商,把我所有的钱都换成了稀世珍邮,这些小小的邮票用
一个信封就可以装下。我这么做有两个原因。一是因为邮票便于携带,
隐蔽性比较强;二是因为邮票可以保值。我当时早已料到战争即将

爆发，随之而来的肯定是物价上涨纸币贬值，用这种保值方法便可以使我的财产不会缩水。随后我又做了整容手术，改头换面，装了一副义肢，还做了一双高跟的鞋改变自己的身高，这一切做完以后，世上再没人能认出我了。我仿佛获得新生一般，便给自己重新起了个名字，叫朱利安·诺，'朱利安'是我父亲的名字，而'诺'则表示我是一个被遗忘的或者不存在的人。后来，我便到了米尔沃基的一家医学院学习。那时候我把所有的精力都放在对人体的研究上，我对人的肉体和意志承受力的极限有着很强的探索兴趣。邦德先生，对此你也许会奇怪，为什么我要进行这样的研究。其实原因很简单，我的目标是获得至高无上的权力，而获得这种权力的前提是让人们百分之百地臣服。要使他们臣服，就必须清楚地了解人的全部弱点并加以控制。事实上，没有人能抵挡经我之手设计的肉体和精神的折磨。"

不知不觉间，邦德已经端起了刚斟上的第三杯酒。他看了一眼哈瑞，仍然是对诺博士的话毫无兴趣，看样子都快睡着了。

诺博士接着讲他的发家史："从医学院毕业后，我离开了美国，周游世界，四海为家。因为我的职业是医生，所以人们称我诺医生。又因为英语中'医生'和'博士'可以用同一个词表达，所以人们通常把我叫作'诺博士'，用这个名头办事还是有不少便利的。实际上，我的真正目的是寻找一个安全可靠的基地，一个与世隔绝的环境，以实现我的理想。所以，蟹岛显然是我的最佳选择。"

"我在蟹岛苦心经营了整整十四年。以开采鸟粪的名义掩人耳目，同时秘密建造这个庞大的地下王国。我从外面招募工人——主要是那些黑人。当然，只要来到这个岛上，就绝没有人能离开。在这十四年中，至今没有外面的人得知这里面的真相。我的工程现在已经全部竣工，这样一来整个计划的第一步已经大功告成，接下去，我将把我的权力往岛外延伸，欧洲、美洲、亚洲，整个地球。"

"当然，实现大计划的过程中也一定会出现一些意外的。你知道，有一种叫篦鹭的红色水鸟，长期栖息在蟹岛上，奥杜本组织不知为何知道了，并对它们产生了一些兴趣，还派了两个成员到岛上来考察。他们住在岛的另一端，本来和我是井水不犯河水，他们也没有随便进入我的领地。可是后来，不知道他们哪根神经搭错了，居然想在岛上大兴土木修建旅馆，地址选在那个河口附近，说是要为来自全世界的鸟类学家过来考察提供便利。他们这种荒唐而愚蠢的做法让我无法容忍。我别无选择，只能让他们长眠。当然，我处理事情很隐秘，不会留下任何能带来麻烦的线索。同时，为了避免奥杜本组织为了这些该死的鸟再来岛上纠缠，我决定把这些篦鹭驱逐出岛。因为这种鸟胆子小，所以我定做了一辆外形像龙一样的喷火装甲车，造型夸张而彪悍。至于效果如何，你已经有切身感受了。"

说完诺博士停了一下："我的故事到此为止。邦德先生，听了这些，你对此产生一些兴趣了吗？"

"非常感兴趣，"邦德说道，"这恐怕是人类历史上最让人惊叹的经历了。这么说来，史特兰格也是在这儿消失的？"

"哈哈，你真是敏锐。老实说，你们英国情报部门的人都很有实力。史特兰格开始对蟹岛产生怀疑，并着手调查。我很清楚，你们的调查不会像牙买加警方那样敷衍了事，如果就这么让他放手调查下去，这个岛上我的所有秘密就会全部曝光。所以，我不得不下手。不过我也知道，事情不会因此而结束，伦敦方面一定会继续派人来调查的。你的档案我早已从殖民局那里知道得一清二楚。实际上，我在牙买加和很多地方设有情报站。所以，当我的雷达屏幕上一出现你的帆船的影子，我就知道，你的性命已经掌握在我手里了。"

邦德说道："有个说法并不完全准确，出现在你们雷达屏幕上的并不是我的船。你们看到的船是那个女孩的，她并不是和我一起来做调查的。"

"这么说，她是无辜受牵连了，不过既然来了，也算是缘分，我目前正需要一个白种女人进行一项实验，恰好她自动送上门来，真是天助我也。邦德先生，你看，对于这个伟人的计划，运气也站在我这边。"

邦德听着这个魔鬼荒谬的言论，心里暗暗地诅咒了他祖宗十八代，但是转念一想，在这种情况下，偷袭是根本不可能了，逃出去更是不现实。不过倒是可以抓住对方担心岛上秘密泄露出去这个弱点，试试最后的法子。他说："不过，诺博士，这一次你是肯定要被投进监狱了。因为你的行踪已经暴露，在我来之前伦敦方面已经得到了你的很多罪证。你派人送给我的那些有毒的水果，放在我床上的有毒的热带蜈蚣，故意制造的车祸，以及安插在殖民局的女秘书，这些都是你的罪证。只要伦敦和我失去联系达到三天，他们就会马上向蟹岛发动进攻的。"

邦德停顿了一下，一边给了诺博士一点儿考虑的时间，一边观察着他的反应，接着说："不过，为了这个女孩，我愿意和你做一个交易。如果你答应放我们走，让我们返回牙买加，我保证英国在一个星期之内不会对蟹岛采取行动，这样你就有足够的时间带上你的财产从这里离开。"

邦德坐直了身子，问道："这个提议怎么样？诺博士？"

第十六章
针 锋 相 对

"晚饭已经好了。"邦德身后传来一个低沉的声音。他回过头看了看，现在又多出一个保镖，跟刚才那个保镖长得非常相似，他们就好像一对孪生兄弟一样，身材都很矮小粗壮，看起来仿佛有两只水桶摆在邦德身后。他们将双手垂直放在身体两边，等候着诺博士的命令。

"现在已经九点了。走吧！"诺博士缓慢地站起来说道，"我们去吃饭吧！可以一边吃一边谈。不过，我希望刚刚所谈的话题不至于影响了晚餐的气氛。"

这时，保镖身后那道双扇门打开了，邦德和哈瑞跟在诺博士的身后，走进一间完全由桃木镶嵌起来的房间。餐桌上已经摆好了食物，还摆放着三套银制的餐具和玻璃杯，三把椅子依次绕着桌边摆开。

诺博士首先坐了下来，接着他招呼哈瑞坐在了他的右边。邦德观看了一下四周的环境，然后从诺博士的背后绕过去，坐在了哈瑞的身边。这个位置，可以让哈瑞帮他挡住诺博士的一部分视线。

刚开始用餐的时候，诺博士显得有点心神不宁，他一句话也没有说，只是慢悠悠地喝着汤，而邦德反倒毫不客气地大吃大喝起来。

他一边吃，一边故意跟哈瑞聊天，从牙买加的风土人情一直聊到了各种各样的动物和奇花异草。哈瑞显得有些紧张，邦德便在桌子底下用脚踢了她一下，示意她放轻松一些。

实际上，邦德一点儿也不轻松，此刻他的大脑正在飞快地运作。虽然在刚刚的谈话中，他已经向诺博士提出了一种妥协的方法，但是，他并没有把握诺博士一定会接受。诺博士现在的神态，好像正在思考邦德的建议一样，不过邦德看得出他十有八九是不会接受的。这就意味着，他跟哈瑞都有可能会死。假如他们真的被杀害，那么伦敦方面是否能够立刻采取行动呢？应该会的！可惜，即便是这样，诺博士也不会束手就擒，他是一个凶狠、残忍、对谁都毫不留情，而又诡计多端的人！看来这一切都无法做出准确的判断，只能往最坏的方面考虑了。当务之急，就是趁诺博士不注意的时候，搞到一样东西作为应付的武器。

这时，邦德从餐桌上拿起一把餐刀，一边切着烤肉，一边继续与哈瑞天花乱坠地聊着，同时他还做着各种夸张的手势。突然，他的右手看似不小心地将酒杯打翻在地，就在这个关头，他动作敏捷地将刀子藏进了左边袖子里，然后他立刻站了起来，将左手往上一抬，做出一个抱歉的姿势，于是，餐刀顺势滑进了衣服里。这几个动手连接得非常完美，以至于旁边的哈瑞都没有察觉。

晚饭结束以后，那两个像水桶一样的保镖又送来了咖啡，然后他们分开站在了邦德与哈瑞的身后，两只眼睛紧紧盯着他俩。

诺博士端起咖啡，悠闲地品尝了一口，接着把杯子放回桌上，抬起头来看着邦德。这时，他的脸上又布满了刚刚那种神秘的表情，然后目光阴冷地开口说道："邦德先生，这顿晚餐还满意吗？"

邦德并没有理会诺博士的话，而是从桌子上拿过一个银制的烟盒，从里面取出一支香烟，点燃。他一边抽着香烟，一边玩弄着打火机，并且很久没有将它放下。邦德已经预感到，死神就要来了，他必须想办法将这个打火机弄到手，必要的时候，可以用它防身。片刻之后，他轻松地回答道："嗯，非常满意！"

邦德懒洋洋地吸着香烟，趁着诺博士与哈瑞说话的间隙，他立刻将手放到了桌子下面，将打火机藏进了袖子里。然后他笑着说道："诺博士，我们现在做些什么呢？"

"接着刚才的话题继续讨论，怎么样？邦德先生，"他的嘴角轻轻向上一扬，"我已经从各个方面详细考虑了你的建议，但是，我很抱歉，我不能接受你的方案。"

邦德笑着耸了耸肩："你的结论是否过于仓促了点？"

"不，邦德先生，我并不这么认为。想必，你只是在跟我玩一个缓兵之计罢了！对于你这行，我是非常了解的。如果你的上司已经得到确凿的证据，是不会再派你来我这里的。所以，只要他们没有收到你的报告，就决不会轻易采取行动。假如我的运气差一点儿，即使他们真的来了，对我也没有任何威胁。军队和警察根本不是我的对手，除此之外，他们又能出动什么力量呢？难道找一个男人和一个姑娘来对付我吗？为什么要怀疑我？他们有什么证据来怀疑我呢？他们又凭什么来搜查我呢？还是快点回家吧！没有经过同意就干扰他人的私生活可是违法的事情。真没想到，大英帝国的法律竟然还可以保护我！邦德先生，你说我说得对不对？当然，我还应该往更坏的方面想一想，如果他们给我定罪，我又会失去什么呢？最多只是再死一次而已！我已经死过一次了，再死一次又有什么可怕的呢？最可怜的就是你了，你马上就会死在我的手里，你知道吗？"他轻轻地摇了摇脑袋，"现在，你还有什么想说的？还有什么事情不明白？今天晚上还有很多事情等着你们去做呢！就不要在这里浪费时间了。明天一早就有船来装运货物，我还要在码头上忙活一整天呢！我可没有工夫陪着你们，我要去睡觉了。"

邦德瞟了一眼哈瑞，此刻，她的脸上已经呈灰白色了，她正用求救的目光看着他，盼望着他能想出一个办法，让他们脱离苦海。邦德无力地垂下眼帘，目光停留在自己的手上。他已经无法想出脱身的办法了，目前能做的就是拖延时间，哪怕一点点也好。于是，他问道："诺博士，再往后呢？刚才你说你的第一个计划已经实现了，那么你能再描绘一下你的第二个计划吗？"

邦德的眼睛仍然停留在自己的手上，这时，诺博士那低沉的声音再次响起："噢，你一定会为我的下一步计划而折服的，邦德先生！你还真是尽职尽责，看来，你的职业习惯让你必须对你遇见的事情追根究底，就算到了生死关头，你也一样执着。说真的，我很佩服你的这种精神。反正你的生命就要结束了，我答应你，满足你最后的愿望。仔细听着，我将把这个小岛变成全世界的情报中心。"

"真的吗？难以置信。"邦德没有转开视线，仍然盯着自己的手。

"土耳其岛，你有没有听说过？那儿距离向风群岛很近，离这儿大概有三百海里，就是在那里，美国人建立了一个非常重要的导弹基地。"

"嗯，我听说过，好像是有一个。"邦德依旧保持原来的姿势。

"那么你知不知道？有一次，他们的导弹迷航了！那枚多极式'响尾蛇'导弹偏离航道，掉进了巴西的森林里，并没有按照预定的轨道落入南大西洋。"

"是的，我听说过。"

"也许你还有印象，外界传媒报道，这次事件是导航系统出现了故障，所以才引发了意外事故。还记得吗？"

"有点印象，好像是这样的。"

"其实，类似这样的意外事件还有很多呢！例如'斗牛士'导弹：'海燕'导弹、'流浪汉'导弹，甚至包括各种类型的原子弹，它们曾经都偏离过原定的目标。"诺博士扬扬得意地说，"邦德先生，你无法想象，其实这一切都归功于蟹岛！"

"真的吗？"邦德的眼睛依然停留在自己的手上。

"总之这都是事实。当然了，你信也好，不信也好，都无所谓。前段时间，我们对一枚'斗牛士'导弹进行了干扰，结果这次干扰被人进行了全过程的电子追踪，没想到的是，他们竟然非常赞赏我们的干扰技术。你想知道他们是谁吗？让我来告诉你吧！是俄国人。在这种事情上，俄国人一向乐于与我们合作，是我们忠实的伙伴，他们曾经帮助我们训练了六名这方面的专家。目前为止，我们的试验从未失败过，已经多次非常成功地致使美国试航导弹偏离运行轨道，这对美国五角大楼来说是一种极大的威胁，他们对此也感到非常不安。近来，他们将设计做了一些改变。到现在，我们仍然没有研究出干扰新导弹的方式，所以，我们必须继续与俄国人合作。但是，我敢肯定，总有一天，我将控制全世界任何一个国家的导弹。邦德先生，这份工作是不是意义深远，并且名利双收呢？只要我们垄断这门技术，各个国家都会出大价钱购买！俄国人愿意买，其他国家的人也愿意买，或许会出很高的价钱购买。因此，对我来说最重要的事情就是在全世界扩散我的影响力和威力！"

邦德终于抬起了头，他若有所思地看着诺博士。他终于知道了诺博士这个不为人知的秘密，原来下半场的赌博才是真正的疯狂！他知道，诺博士之所以将这个秘密完完全全告诉他，就意味着他绝不会让他们活着出去。这正是他显示权力的一个武器！

邦德按捺住焦躁的心情，继续与他周旋道："想要完成这个计划，你必须杀掉更多的人，要不然你已经拥有的一切都会失去！诺博士，我真是低估你了！原来你有那么多钱，我实在没有想到你竟然在这里有着如此巨大的财富。不过，我敢肯定，在这里一定有很多人偷偷窥视着你的一切！也许有一天你会死在这里，而杀你的人就是你身边的人……"他指了指天花板，"那几个在莫斯科接受过严格训练的人！你想想看，莫斯科怎么会不对他们下达密令？而你也许并不知道这些命令！"

诺博士哈哈大笑起来："邦德先生，你太低估我了！你啊，还真固执，甚至有些愚蠢！你说的这些根本就不会发生，我早就已经准备好了。我从他们当中挑选了一个人作为我的心腹，并且断绝了他与所有人的来往，其他人都以为他死了，其实他就住在这座山下面。他知道联络莫斯科的全部密码，每天都在为我监控任何一个密令，所以莫斯科发出的任何一个指令都不会逃过我的耳朵！邦德先生，你就放心吧！所有问题我都再三斟酌过，我会保住我这条性命的。"

"诺博士，我才没有小看你呢！你的确是一个细心、精明的人，但是，毕竟你与外界失去很多联系了。而我不同，我是从事情报工作的，在这方面的经验可远远多于你。我敢说我比你更了解俄国人，这一点，你必须承认。也许他们是你最好的朋友，可是，这只是暂时的，只是在某个时候而已。对俄国人而言，从来都没有出现过真正的伙伴，以前没有，以后更不会有！只要你对他们而言失去了利用价值，那么你的生命也就结束了，他们会将一颗子弹奉送给你！另外，英国情报局已经掌握了你的所有档案，难道你真的想将这件事情扩大吗？如果是我，我才不会这么干呢！诺博士，不是我自吹自擂，我们情报局人才辈出，如果我和这位姑娘遭遇不幸，那么你的蟹岛会立刻毁于一旦，到那个时候，你将会发现，你这个小小的蟹岛原来那么不堪一击！"

"是的，我必须承认你所说的这些都存在一定道理，只不过，这对我而言算不上危险。我说过，我已经考虑过所有细节，并且都已经做好了充分的准备。如果真的发生你所说的那些，我会将一切转移到海底去。邦德先生，自古以来，任何赌博都是要冒生命危险的。就目前的状况而言，你的那番长篇大论是不会实现的，也没有任何意义。但是，只要我的计划成为现实，美国人就必须将他们在土耳其岛的导弹试验基地关闭，你知道那意味着什么吗？俄国人将会付给我一千万，甚至两千万……更何况这是连金钱都无法取代的巨大胜利。所以，我绝对不会接受你的这些威胁！"

邦德觉得没什么好说的了，于是沉默下来，此时，伦敦皇家公园的那间小屋忽然从脑海中浮现出来，耳边还响起了临行前局长向他交代这项任务时轻描淡写的语气："你此行不过是为了调查一些与一群海鸟有关的事情……我想你一定会度过一个愉快的假期……"局长，见鬼去吧，这就是你给我安排的愉快假期？看看我现在的状况，我已经身临绝境了！一切都已经到了无法挽回的地步了！想到这些，邦德心中不免怨气重重，立马端起酒杯一饮而尽，厉声吼道："够了，诺博士！开始下一个节目吧！对了，你准备要如何处死我们？刀子、手枪、绳索，还是毒药？快点，干脆点吧，看到你这副模样我就觉得恶心！"

诺博士紧绷着脸，从眼睛里透射出一道阴冷森郁的光芒，只见他一声令下，就有两个保镖走上前来，将邦德和哈瑞架了起来，将他们的手扭到了身后。

邦德看着哈瑞，微微一笑，说道："亲爱的哈瑞，很抱歉，从现在起我们或许真的要分开了。"

哈瑞的脸色早已如死人一般苍白，满眼绝望地回望着邦德，嘴唇轻微地颤抖着："詹姆斯，会很痛苦吗？"

"闭嘴！"诺博士大喝一声，"你这个愚蠢的家伙，当然会很痛苦！我说过，我专门试验人所能承受的痛苦极限，我要搞清楚人对于痛苦的承受力究竟有多大！类似这样的实验我已经做过成百上千次了，不过直到现在也还没能得出最后的结果。当然，你们这次也不例外。不过，鉴于你们给我造成的麻烦最大，你们将要承受的痛苦也是最大、最多的！此外，我会将你们临死前的惨状如实地记录下来，以便为我的研究提供事实参考，或许有一天还会被当作一项珍贵的资料公之于世。我曾在一年前用一个和你年龄相仿的黑人女子做过实验，结果她只坚持了三个小时就被活活吓死了。我一直都想再找一个白人女子做试验，没想到竟然被我遇到了，而且还是你自动送上门的。我说过，只要是我想得到的，就一定能够得到！"诺博士将身子往后靠了靠，看着哈瑞，狰狞的面目把哈瑞吓得直往后缩。

邦德被激怒了，咬紧了牙关，恶狠狠地盯着眼前这个魔鬼。

"我知道，你是牙买加人，一定能够明白我要说的这一切。这个岛之所以被称为蟹岛，就是由于这里盛产一种在牙买加被称为'黑蟹'的海蟹。这种蟹个头很大，也很重，平均每只都有一磅重，就像盘子那么大。如今正是产蟹的旺季，这些黑蟹通常会聚集上千只一起活动。"他停顿了一下，继续缓缓说道："最值得注意的是，一旦这些黑蟹发现了食物，比方说一个裸体的女人，就会立即围上去，开始还只是静静地围在四周，但是等到它们的数量聚集到上万只的时候，就会缓缓地爬到人的身体上面，用它们那锋利、硕大的夹子，在人身上一点点地……"

还没等诺博士说完，哈瑞就发出了一声惨叫，很快便昏厥过去，头无力地耷拉下来。邦德见状开始奋力挣扎，想要挣脱束缚，从椅子上跳起来。可是身后的保镖用力拧着他的双手，使他根本无法站起身来。他再次紧咬牙关，怒吼道："你这个杂种，你不得好死，你一定会下地狱的！"

诺博士轻蔑地看了邦德一眼，笑着说道："邦德先生，我从来不相信这个世界上真的有地狱存在。我劝你还是放老实一点儿，用不着那么生气。那些黑蟹可能会先咬她的心脏或者咽喉，因为脉搏的跳动更能引起它们的注意。如果真是那样的话，她所遭受的痛苦就会短一些。"说完，他对保镖吩咐了几句，于是保镖们就将哈瑞往门外拖。

房间顿时陷入一片沉默之中。邦德此时感到心中忐忑，不知道接下来诺博士会如何对付他。

诺博士又说道："邦德先生，你认为权力只是一种虚幻的东西，那么现在你已经看到它的威力了，它究竟是不是虚幻的？如今我想让这个姑娘怎么死，她就得怎么死，所以说，这个权力根本就不是虚幻的。那么你，将会用什么方式去迎接死神的来临呢？当然，这个决定权在我，我已经决定了你死的方式，也是用检验人体耐受力的方式，不过对于你来说，检验项目会更多、更复杂些。你的体力以及你的勇敢和毅力，都是非常有价值的实验对象。当然，为了得到更好的实验效果，我会让你先休息一段时间，让你的体力得到恢复。"

他再次停了下来，仔细观察着邦德脸上的表情，"邦德先生，我设计了一种障碍跑，在这项赛跑运动中，你将一步步接近死亡，我希望看到你顺利到达最后一站，去迎接真正的死亡。不过，你最好还是事先不知道具体内容为好，因为只有在毫无防备的情况下面对危险与恐怖，才能彰显一个人真正的胆识和智慧。我想要获得第一手的、最可靠的资料。"

邦德没说什么，他已经不再去考虑诺博士说的话。因为不是立刻面临死亡，所以他觉得有必要做最后的努力。此刻，他的头脑异常清醒，他知道目前唯一能够利用的武器，就只有身上的这把餐刀和打火机了，他必须将它们保存好，以备不时之需。

　　诺博士起身慢吞吞地向门口走去，没几步就停了下来，回过头去，警告他说："你就老老实实给我跑吧，邦德先生，你的一切尽在我的掌控之中，我随时都能看见你！"说完，他走了出去，房门也随即慢慢关上了。

第十七章
死 亡 之 路

一个保镖把反铐着手的邦德押进了电梯。一路上他一直在想着餐厅里的事，这时餐厅里的人应该走光了，不用多久，服务生就会去收拾餐具，但愿他们不会发现丢了刀子和打火机。电梯开动了，在往上升。他在心中默默地读秒以判断上升的距离。当电梯停下的时候，他觉得差不多又回到了当初他下去时的那个高度。电梯门开了，眼前是一条石块砌成的小巷。小巷两侧是粗糙的石壁，大约有二十英尺高。

"你等我一会儿，"押送邦德的保镖对电梯员说，"我把这家伙带过去，马上就回来。"

邦德被押着顺着小巷向前走，一股浓重的机油味迎面扑来。只见巷道两侧的石壁上有一道道小门，门上有编号。从一扇门里传出机器的嗡嗡声，他估计这是山下的发电机房。走到最后一道小门跟前时，那个保镖喝令邦德停下。保镖开了门，然后一把将邦德推了进去。这是一间石屋，大约有十五英尺见方，里面只有一把木制的椅子。邦德看见自己的衣服就放在椅子上。

保镖把邦德的手铐打开，说："到了，就是这儿。伙计，你可以选择留在这里发烂喂蛆，或者想尽一切办法逃出去。玩得开心点，祝你好运！"说着，他拉开门，准备离开。

邦德还想再做一次尝试。他扫了一眼电梯的方向，看到开电梯的人没有看着这边。然后他低声对那个保镖说："一万美元，你帮我逃跑，干不干？事成之后你拿着这笔钱可以去世界上任何一个地方享福。"他盯着对方的眼睛，看他是否动心。

"谢谢了，先生，别来这套，我只想活着待在这儿。"保镖不为所动，开始关门。邦德急切地说："你等等，我们可以一起逃走。"

"别废话了！"他瞪了邦德一眼，大喝道，然后把门重重地关上。

邦德无奈地耸了一下肩膀，只得另想他法，他走到门边仔细地观察了门的材料和结构。这是一扇铁门，里面没有拉手，从外面才能打开。他用肩膀抵上去试了试，门纹丝不动。只有一丝微弱的灯光从门上那块碗口大的玻璃窗里透进来。他走到椅子旁坐下，继续四下打量着这间石室。周围都是坚固而密不透风的石壁，只有靠近屋顶处有一个通风口，和他肩膀差不多宽，不过上面装着铁栏杆。很显然，这是唯一可能的出口，除此之外再也找不到不是石头的地方了。在这里等下去真的只能像那个保镖说的那样死在这里然后烂掉。他估摸着现在大约十点半了，哈瑞很可能会被带出去扔在沙滩上。一想到那些小蟹在她身上爬来爬去，他就恨诺博士恨得牙痒痒。现在他必须立即采取行动，不管这个通风口外边是多么可怕的地方，他都必须从这个出口杀出去。

他拿出衣服里的物件，检查了一下刀子和打火机，把打火机小心翼翼放进衣袋里，然后用手试了试刀刃，很锋利。他转过刀刃，用牙咬住刀背，抬头打量通风口处固定的钢筋，发现根根都至少手指头那么粗，得想办法把它们撬开才能钻出去。他伸手一把抓住钢筋，刚想晃动，只觉得浑身一震，马上被一股强大的电流击倒在地。

过了许久，他才能勉强爬起来。只见右手被烧焦了一大块皮，他割下一块布条包在手上。这次他不敢再贸然去抓钢筋，而是先用左手轻轻碰了一下，没有电。也许这儿的电力就是一次性的，邦德暗忖，第一关他已经闯过。他紧握住钢筋用手使劲摇了摇，很牢固，于是他举起椅子，选了一个可以产生最大冲击力的角度，用力地朝钢筋砸去。

钢筋被打断几根，掉落在地，而椅子却没什么动静。"中国的椅子质量不错！"邦德心想。他捡起一根趁手的钢筋，插在腰间——必要时，这也是很有用的武器。他踩在椅子上，用力往上一跃，钻进了通风管道。他点起打火机照看四周，通风管道是用满是铁锈的管子做的，直径还不到一米，里面空无一物，黑乎乎的看不到尽头。他来不及多想，迅速把打火机收好，沿着黑洞洞的管子只管往前爬。

通道中不时吹来很强的冷风，冻得邦德直打寒战。他心里明白，这很可能是一条死亡通道，就算爬到尽头，也是九死一生，或者根本没有人能沿着这通道爬到尽头，但他别无选择，想活命只能一直向前爬过去。诺博士既然存心要折磨他，那就应该不会让他这么快死去。想到这儿，他又燃起斗志，只要还有一口气，他都会反抗到底。

爬了很久，邦德忽然发现前面有微弱的亮光在隐隐闪烁。他小心翼翼地向前挪动着，亮光渐渐增大。再近点，他终于看清了，前面就是出口。他加快速度爬到那个光源，光线原来是从上面射下来的。他抬起头一看，通风道在这里变了方向，笔直向上延伸。这时，邦德得以慢慢地直起身来，他舒缓了一下紧张的肌肉，思考下一步的行动。他看到这个往上直立的管子至少有五十英尺高，而且管壁光滑，徒手无法攀缘，只能靠臂力撑住周围的内壁向上攀去。

邦德深呼吸一口，把鞋子脱下，四肢舒展开，同时用手掌和脚掌，手肘和膝盖顶住管子的内壁，一点一点地往上挪动着。开始，他每移动一次，身体能上升六英寸。随着体力渐渐地消耗，他的手脚都开始出汗，喘息声越来越重，移动也越来越困难了。他一点儿也不敢放松，不断地提醒自己：一定要顶住，绝不能松掉，一掉下去就再也上不来了。他不敢想路有多远，也不敢抬头，他怕动摇自己的信心。可是身体总有极限，眼看邦德越来越力不从心，他不得不一次次地停下来，喘口气又坚持着往上爬。上升的速度越来越慢，像一只散步的蜗牛（不过他的心情可不像散步的蜗牛）。可他仍在不断进行自我催眠：快了，快到出口了。最后他干脆闭上了眼睛，什么也不想不看，只是机械地一点一点往上挪。

他忽然觉得头顶碰到了什么东西。他筋疲力尽地睁开眼睛：竖立的管子到头了！通风道在这里又转了个弯。转弯的地方有一个小小的玻璃圆孔，从那儿透过来一丝光线。有什么东西在玻璃后面晃动，他定神一瞧，是一双眼睛。他反应过来，有人在监视他的行动。眼睛一晃就不见了。他想：这时诺博士肯定又听到了一则报告。

邦德稍稍休息了一下，又继续往前爬。通风道变成了斜坡，爬起来不像刚才那么费劲了。但是很快他便发现，管子里的温度越来越高，管壁已经烫得无法忍受。越往前爬，温度越高，邦德觉得自己快要被烤成肉饼了。他大口喘着粗气，脸上的汗水流进眼睛里，火辣辣地痛。为了不被烫伤，他从衣服上扯下一块布，把手和脚用布包了起来。

　　必须加快速度，否则就会被烤成肉干。邦德在心里给自己鼓劲。可是管壁已经烫得无法挨身，洞里不断发出皮肉在管壁上"吱吱"烫裂的声音。邦德疼得连声呻吟。可他不敢停下来，一秒钟也不敢，只有拼命地爬呀，叫呀，即使被烫得遍体鳞伤，也只能一个劲儿地朝前爬才能有活下来的希望。

　　火刑终于过去。当他从这段滚烫的管道中爬出来、躺在一块冰凉的石板上时，他根本无法判断周围的情况，他一下子昏迷了过去。

　　不知过了多长时间，他被一阵剧烈的疼痛弄醒了。他翻身查看了一下自己的伤势。但只要轻轻一动，身上每一个地方都会发出钻心的疼痛。不用看，他知道自己早已经遍体鳞伤了。

　　邦德几乎已经失去了勇气，身上的力气也已经用光了。但是，心脏有力的跳动使他意识到自己还没有死，得冲出去，得去救哈瑞。想到她，他的精神猛地一振，又挣扎着站起身来。

　　他向四周看了看，发现自己正置身于一间很小的石屋，比他出发的那个地方更小。屋顶上方有一个很小的透光孔，前面接着另一条通风道，通风道的口上装着细细的铁丝网，那是唯一的出路。

突然，他看见几个暗红色的小点在铁丝网背后闪烁，好像正在蠕动。他以为自己眼睛花了，定了定神，仔细一瞧，没错，是一群在蠕动的小红点。

那是什么东西？蝎子？蜈蚣？还是蛇？他的心马上紧张起来。

邦德把打火机点燃了。啊！原来是一群毒蜘蛛，每只都有三四英寸长，一共有二十多只。这又是一道险关。他必须从这些蜘蛛身上爬过去才能进入前面的通风道，而二十只毒蜘蛛足以使他就在这儿迎接死神。一想到被蜘蛛撕咬的惨状，邦德浑身直打冷战。

他马上发现，这些蜘蛛很怕火光，只要打火机往前一伸，它们就纷纷逃避。他心中暗自庆幸偷了这样一个打火机。

他不再犹豫，迅速用刀割开铁丝网，一手举着打火机，一手抽出身后的钢筋。蜘蛛一见火光，纷纷向后退去，正好被后面的一道铁丝网挡住，挤成一团。邦德趁机抽出钢筋一阵猛打，很快就把蜘蛛打死了。然后他用刀割开另一道铁丝网。

邦德出了口大气，总算又越过了一道障碍。他把钢筋和刀子收好，立即顺着通风道往前爬。他竭尽全力要爬快一些，因为很难保证不会再有不怕死的蜘蛛追上来。

不知又往前爬了多远，邦德觉得累到了极点。他躺在那儿歇了一会儿，接着又爬。累了，再睡一会儿，醒来又爬。此刻他已经浑身麻木，只有头脑还算清醒。渐渐地，他觉得前进的速度有所加快，管道好像在往下倾斜。

速度越来越快，能看到前面的一丝亮光了。邦德突然觉得不妙，管道变得更陡了。他的身体不由自主地急剧下滑，想稳住也已经来不及了，因为管道的直径早已变得很大，他的手脚根本无处着力。最后，他的身体完全失去了控制，像一颗炮弹一样，顺着管壁直冲向下。没等他反应过来，只觉身子在什么东西上弹了一下，接着就被抛到了空中。

第十八章
杀 人 凶 潭

邦德就像一颗炸弹似的，砰的一声掉进了海里。

在邦德落水的一刹那，他仍然没有忘记用嘴紧紧地咬住刀柄。他屏住呼吸，双手前伸，以此保护住头部。突然的下落产生了巨大的惯性，这种惯性将他一直拉到水下二十英尺深的地方。在水中略平稳些后，邦德努力地摆动着双脚，以使自己尽快冒出水面。

很快，邦德的头露出了水面。他抬着头，四肢慢慢地向前划动，在保持身体平衡的同时，让自己有些喘息的时间。就在这时，一股海水突然呛进了邦德的嘴里，又苦又涩。冰凉的海水直接渗透进他的伤口，真可谓是在伤口上撒盐，但是它却使他的头脑立即清醒过来。他把眼睛睁得很大，仔细观察着周围的水面，他很想弄清楚自己现在正身处何方。

邦德突然意识到，这里一定是一个充满恐怖、幽灵、凶残的可怕杀人魔潭。这片海水里也一定潜伏着某些巨大的危险，所以自己要尽快想办法离开这里。就在这时，一个硬邦邦的东西碰在了他的身上，邦德向下摸了一下，原来是一道铁丝网。此时邦德也已经累得筋疲力尽了，于是他将身体倚在上面，回头看了看身后的情况。

现在他看得很清楚，这里是一个小小的海湾，两边是陡峭的石壁，这个小海湾正好就夹在中间。这张铁丝网是从水底冒出来的，它将海水隔开了。

东边的天空渐渐泛起类似鱼肚白的光亮，天马上就要亮了。这时邦德才意识到，自己已经在通风道里搏斗了整整一个晚上，太不可思议了，怪不得自己会如此疲惫。此时的邦德已经不再去想他在搏斗中的事情了。他靠着铁丝网，考虑着自己如何才能离开这里。这里弄了一道铁丝网，它是做什么用的呢？有什么特殊意义？是防止一些人逃跑的吗？看上去不像啊，但可以肯定的是，它一定是很早的时候就修好了挡在这儿的。这样说来它是为了防止外面的什么东西进来？但也不像。突然，一条小鱼狠狠地撞在了邦德的腿上，他这才反应过来，这个小海湾里一定关着什么可怕的东西，一定是这样的。于是，邦德想，自己要尽快找到一个能上岸的地方，不然会被什么可怕的大鱼吃掉。但是已经太晚了，就在他刚要这样做的一瞬间，只听得"哗啦"一声，水面上猛地冒出一个黑黝黝的东西。邦德顺着声音望去，只见远处一个巨大的黑影正快速地朝自己游来，周围的海水被它搅得上下翻腾，溅起很高的水花。邦德此时心中一紧，看来最关键的时刻到了。没错，这里就是诺博士设计的障碍，想要跑出去的人已经到达了终点。现在的邦德经过一夜的搏斗，全身一点儿力气都没有，甚至没有力气顺着铁丝网向上爬。但是，求生的本能促使他抓住了铁丝网的上端，他用力地向上爬去，哪怕仅仅多出水面一厘米也好。

这时，那个巨大的黑影已经游到了邦德的眼前，他不敢再动了，只是在心里祈祷这个黑乎乎的家伙千万不要注意到自己。

突然，从水里又传来一阵响声，两只足球般大小的眼睛从水里冒了出来，紧接着又露出一张满是须子的大脸：竟然是一条巨大的乌贼！这次，邦德真是被这个家伙吓住了。这家伙足有一吨重，还伸出两条长长的触手在空中来回晃动，它的触手就像巨蟒一样粗壮，其他十几条短一点儿的触手也像水蛇一样在水面上扭动着。长这么大，邦德还是第一次看见如此巨大的乌贼，他甚至不敢相信这个世界上真的存在这种生物，他怀疑这个家伙就是传说中的海怪，因为它是一种足以让鲸和鲨鱼都闻风丧胆、后退投降的可怕怪物。

幸好刀子还在，邦德紧紧地握住刀柄，同时感觉到身后还有一根钢筋。上帝保佑，但愿这两件武器能救他一命。于是，邦德慢慢地将一条腿缩起来，稳稳地踩在铁丝网上，然后静静地注视着这个怪物的一举一动，此时这个怪物还在水中晃动着自己长长的触手。邦德屏声静气，暗暗祈祷这个家伙不要对自己产生什么兴趣。

然而，只见这个家伙将一条巨大、粗壮的触手伸向了邦德，先碰到了他的脚，在上面点了点，然后又移到他的小腿上，最后停在了他的伤口上。突然，这个家伙狠狠地吸了一下，一阵难以忍受的剧痛直透邦德心底，但是他强忍着疼，仍然一动不动。

那只冰凉的触手继续往上移动。它经过邦德的大腿、臀部、腰，每移动一下，都要在邦德身上吸一下。此时，邦德感到自己身上的每一处伤口都被这个可恶的家伙撕开了。但是这只触手仍然在移动。邦德只能默默地忍受着，同时紧紧地握住刀柄。这时，乌贼的触手已经移到邦德的胸部了，这也正是邦德等待的时刻。只见他猛地挥起刀，向那只正在移动的触手砍去。他想一刀就把它砍断，虽然刀子割破了一些肉，但却没有把它砍断。邦德感到手上一紧，而这时的乌贼因为疼而猛烈地翻腾着，水花溅了邦德一身。那只触手被扎了一下便猛地缩了回去，差点将邦德的刀子也一起带走。这只乌贼没有给邦德留一点儿喘息的时间，紧跟着伸过另一只触手，牢牢地粘在了他的胸脯上，猛地一吸，似乎要把他的胸膛撕开一样。邦德实在无法忍受这种疼痛，不由得发出一声惨叫，然后拼尽全力，向这只触手刺了一刀，这次邦德成功地将它的触手砍了下来。

这时，乌贼已经将触手缩了回去，而邦德的胸膛上立即渗出一团红色的鲜血。

这两刀显然把这只巨大的乌贼激怒了。突然，它那巨大的头"呼"地一下从水中冒了出来，同时带起大量的海水，溅起巨大的浪花。这次，乌贼伸出了它那十几根短的触须，一股脑地全都抓在了邦德的腿上，用力把他往下拖。

乌贼的力量很大，邦德感觉到自己的身子开始一点点地往下沉，但是他用左手拼命抓住铁丝网不放。他觉得自己似乎就要被撕成两半了，而且在这种情况下，刀子也已经没有用武之地了。于是他用嘴紧紧地咬住刀柄，右手从身后将另一件武器——钢筋抽了出来。现在只能凭运气和它搏一搏了。乌贼继续将他往下拖。邦德看准了它的一只眼睛，慢慢地将握着钢筋的手举了起来。突然，他手一松，借着乌贼强大的拉力直扑下去。谢天谢地，钢筋直插进了这个家伙的眼睛里。

邦德被一个巨大的浪头打到了铁丝网上，他重新抓住了它。经过这一场搏斗，邦德全身瘫在铁丝网上，他感觉眼睛突然火辣辣的，而且眼前的光线好像越来越暗，渐渐地，邦德什么都看不到了。这是怎么回事啊？难道眼睛瞎了？

邦德用手揉了揉眼睛，但是眼前仍然一片模糊。又过了一会儿，邦德才发现，他的身子和周围的海水都变成乌黑的了。邦德想：一定是乌贼疼极了，把墨囊中的墨汁全都喷了出来，然后逃之夭夭了。

此时，天也已经大亮了。水面再次恢复了平静。那只受了伤的乌贼也不知道逃到哪里疗伤去了，但水面上的那片墨汁还在慢慢地扩散着。此时，邦德的眼睛也渐渐明亮了，他再次环顾四周，看到右侧的山崖十分陡峭，基本上不能攀登；而左侧却有一道人工修建的堤坝，看样子应该有通向外面的路。快，趁着诺博士还没有发现自己仍然活着，要尽快离开这片杀人魔潭。想到这里，邦德振作了精神，开始沿着铁丝网向左侧一点一点地移动。很快，邦德就来到了岸边，他先将身上的墨汁清洗干净，然后顺着石壁往上攀登。大约过了十分钟，他已经爬到了石壁的顶端。上面果然有一条小路，而且是通向山后的。邦德停住脚看了看自己的衣服，没想到自己的衣衫竟然如此破烂，而且遍体鳞伤。他又望了望天空，东方泛着明艳的红光，头顶上的这片天是那么的湛蓝。邦德猜测，现在大概是六点钟了。

邦德为自己活着逃出那个杀人魔潭深感庆幸。现在，他要下山去，然后给诺博士一个措手不及的打击。

他在山路上小心翼翼地前进，不敢发出一点儿声响。当他爬到前面转弯处的时候，他听见远处有机器轰鸣的声音。于是他躲在一块巨石后面。紧接着，邦德听到有人问："可以走了吗？"

"走吧。"一阵脚步声渐渐远去了。

真是天赐良机！感谢上帝！邦德慢慢地将头伸了出去，但是没有看见什么人。于是他迅速移到了前面的一块巨石背后，从那里向外望出去，外面的情况尽收眼底。

第十九章
罪 有 应 得

邦德尽量缩作一团，警惕地观察着周围的情况。他做了深呼吸，以使自己恢复平常的状态，脸上的表情冷静而专注。他把随身携带的小刀抽到眼前，仔细检查刀刃部分，还算锋利。随后把刀子藏到身后的裤袋里，紧了紧腰带。但是刀子好像碰到了什么东西，可能是打火石。邦德把它从裤袋里掏出来，心想这块金属可能用得上，于是就在石头上打了几下，可擦出的火花并不明亮，他随手把它丢到了远处。

邦德躲藏在一块巨大的石头后面，仔细观察着外面的动静。在十码开外的地方，一辆大型起重机停在那里，正运作着，没有进入船舱。开车的是个混血的黑人。邦德一眼就认出他就是开装甲车的那个小头目。在起重机的前面，是一道防护堤，呈"T"字形，向海岸伸进大概二十码。一艘老旧的油轮正停靠在码头水深十二英尺的地方，大约有一万吨的排水量。这艘船叫作"布兰奇"，船尾上还有安特卫普蚂蚁的标志。油轮的甲板上没有出现半个人影。起重机正在往油轮的舱口里起劲地装运鸟粪。一条长长的吊臂伸到一座山崖后面，不一会儿，一只巨型的自卸斗被吊了起来，缓缓地移动到油轮舱口的上面。等到舱口的阀门打开，自卸斗里的鸟粪便倾倒而出，扬起巨大的粉尘。邦德估计这么一斗鸟粪至少也有好几十吨重。

就在起重机的下方，弥漫着鸟粪臭味的岸堤的左边，显出一个高大的人形轮廓。那不是别人，正是那个诺博士！他正在监督鸟粪的装运情况。

清晨的海风轻拂着半掩在高耸的悬崖下的海港。传送带的滚轴轰轰作响，带动机器运作，起重机的引擎欢快地唱着，有节奏地一起一伏。除此之外，再没有其他的声音，再没有其他的东西在运作，也没有其他的活物了。在诺博士眼中，再没有比眼前的这一切更美好的景象了。

邦德又仔细地观察了一下四周的情况，确定此外再没有别的什么人。他小心翼翼地把头缩回去，开始计划下一步的行动。他目测着与起重机之间的距离，确定驾驶员操纵杆与踩踏板的位置。首先，那个起重机驾驶员是个麻烦，先得把他解决掉，然后再利用这台大家伙对付那个诺博士。邦德细细地把每一个具体的步骤都想了一遍，直到确信有必胜的把握，脸上的表情才逐渐变得轻松。他尽可能让自己平静下来，活动了一下手关节——它们确实需要多运动，顺便理了理凌乱的头发，以保持他一贯的发型，又紧了紧身上的黑色夹克，然后从背后抽出了刀，谨慎地探起身子。一切准备就绪。

情况依旧没有什么改变，起重机的驾驶员吹着口哨，专心地操控着机械，脖子裸露在黄褐色衬衫外面。这对邦德来说是个好机会，两人间的直线距离大概有二十码。那位诺博士也同样背对着邦德，面朝大海站在弥漫着白色粉尘的堤岸上监督机器的运作。邦德目测

了一下，离起重机大概有十码远。他选择了一条最近的路线，猫着
腰迅速跑向起重机，躲到了这台大家伙的背后。他绕到右边，躲在
操作间的一侧。此刻他正处于视觉死角，无论是坐在驾驶位置上的人，
还是站在防护堤上的人都无法看到他。邦德尽量缩小身体所占的空
间，探出头来查看周围的情况，伺机行动。

吊臂又一次重复着从山崖后面吊起一斗鸟粪的动作，传送带也
一如既往地运作着。在操作间的后面，有两个铁焊的脚蹬，看起来
很坚固。机器巨大的轰鸣声淹没了邦德的脚步声，根本没有人注意
到他的存在。他迅速从另一面跑过去，爬上了车子。驾驶员没有觉
察到有人入侵了自己的领地。邦德抓住了机会，一个箭步上去，从
背后扳住驾驶员的脖子，一刀扎进对方的后心。那家伙连声都没出，
就瘫软在座位上。邦德把尸体拖到别处，坐到控制台上，迅速握住
操纵杆，自己当起了驾驶员。这一系列动作邦德只在几秒钟内就完
成了，甚至还抹了抹自己的刀子。然而，邦德一刻也没有让地面上
的那个人离开自己的视线。

一切尽在掌握之中。邦德把起重机的速度调到了中档，车子顶
部伸出的长长的吊臂猛地震了一下，如同长颈鹿的脖子一般，缓慢
地改变了方向。站在前面的诺博士听到了动静，抬头向上望去，他
的嘴巴马上凝固成一个"O"形，急忙抓起身旁的一部电话，冲着电
话大喊大叫。

邦德沉着地操作着起重机的吊臂，他把速度调到了最高档。像
一个有着多年工作经验的驾驶员一样，一点点地改变着吊臂的方向，
一如前任驾驶员做的那样。

再快点！否则又要让这个魔鬼逃脱了！邦德猛地推下操纵杆，吊臂在半空划出一道弧线，径直往诺博士的头顶上方砸去。

快一点！还要再快一点！

接近了，快到了——停住——就是现在！倒！在兜着满满一斗鸟粪的吊斗将要到达之际，诺博士才反应过来。他连忙转身准备逃跑，但为时已晚。

几十吨的鸟粪如同飞泻的瀑布倾斗而下，诺博士急得抱头鼠窜。他使劲挥动着两只胳膊，似乎要把鸟粪赶开，然而一切努力都是白费。他奔跑着试图找寻躲避之处，但很快被绊倒在地。随着一声凄厉的惨叫，诺博士渐渐被活埋了，机器的轰鸣声掩盖了人声。

半空中的鸟粪还在倾泻。一开始还能够看到鸟粪下面蠕动的躯体，但不一会儿就完全看不见了。鸟粪堆得越来越高，最后形成了一座小丘。

"上帝啊！"邦德的声音回荡在这个小小的操作间里，他大口呼吸着带着鸟粪味的空气，无力地躺倒在座椅上，感慨万千。

这个妄想统治世界的大魔头，如今只能在这座鸟粪堆成的坟墓里做他的帝国梦了。这种人，根本就是自作孽，不可活。

邦德把那个驾驶员的尸体拖过来，从他身上搜到一把手枪。定睛一看，正是他从伦敦带过来的那把大口径的手枪，弹匣里的子弹还有六发。他上好枪，这下才终于放松下来。

诺博士死前曾打过一个电话，一定是为了搬救兵，必须尽快离开这个地方。

邦德马上跑下起重机，爬上山崖边的一道铁梯，上面有一道小小的铁门。他拧了一下把手，门没有上锁。他推开门，顿时一股令人作呕的粪臭味迎面扑来。

他小心翼翼地走进去，发现自己正处在一条很长的隧道上。机器轰隆作响，一条巨大的传送带正飞快地运转着，不停地运送着鸟粪。

隧道里空无一人，只有传送带的轰鸣声和令人恶心的粪臭味。里面灯光昏暗，传送带上扬起的鸟粪渣直往眼睛里钻，臭得要命，邦德没办法躲开，只好弓着身子，低着头，尽可能地朝前快跑。他必须在那个混蛋招来的救兵赶到之前离开这里。

突然，邦德被一个人狠狠地撞了一下，还没等他看清楚对方是谁，那个人就已经卡住了他的脖子。已经没时间拔枪了，他下意识地往后一倒，想趁机把对方带倒后再压在那个人身上。

在两人同时倒下去的时候，邦德忽然听到一阵尖厉的叫声。他刚准备翻身攻击对方的要害，却不由地愣住了。然而倒在地上的人仍在攻击他，邦德被对方狠狠咬了一口。

"别这样！哈瑞，是我啊！"邦德疼得大叫道。

"詹姆斯！"哈瑞瞬间停止了攻击，身子不由得一软，滑向了地面。她搂住邦德的腿，又惊又喜，兴奋得不停地喊着邦德的名字。

邦德俯下身子，把她搂到胸前："你没事吧，亲爱的？"

"没事，詹姆斯，我没事的，"她摩挲着他的头发，"詹姆斯……亲爱的！"然后倒在他的怀里，轻声地抽泣着。

"别担心，哈瑞，这一切都已经过去了，"邦德用他那宽大的手掌抚摸着她的头发，"那个诺博士已经死了。现在我们得尽快逃出去。来，起来吧，哈瑞，"他扶起她，"你知道这里的出口吗？你是从哪里进来的？我们必须快点儿离开这个鬼地方。"

哈瑞不停地喘着粗气，说道："在这前面有一条岔道，可以通到装甲车的停车间去。"正在这个时候，震耳欲聋的轰鸣声突然消失了。"是不是他们已经赶来了？"哈瑞惊恐地问。邦德顾不上回答，一把将她拉起来："快跟我走！"他们快速跑到隧道的分岔口，刚想拐进去，却听到里面有说话声。两人连忙躲了起来。

邦德把哈瑞拉到身后，掏出手枪，低声对她说道："抱歉，哈瑞，我恐怕又得杀人了。"

"让他们全都见鬼去吧！"哈瑞低声说，然后缩着身子躲到邦德后面，用手捂住了两只耳朵。

邦德检查了一下手里的家伙。目前他们正处于万分危急的时刻，只能跟对方拼个你死我活。听他们的说话声，看来不止一个敌人。他必须掌握好时机，趁对方不备时下手。邦德握紧手中的枪，紧盯着前面的岔口。

脚步声越来越近了，对方的说话声也听得十分清晰。"你小子还欠我十美元呢，萨姆！""别急嘛，伙计。今晚我就能全部赢回来。""哈哈哈……"

目标出来了。一个，两个，三个！邦德看得清清楚楚，一共有三个家伙，每个人手里都提着一把枪。

邦德冷不丁地冲出来，大喝一声："别做梦了！傻瓜！"话音未落，枪声响起，其中的一个家伙倒下了。另外两个人还没反应过来，邦德又是一枪，又击毙了一个。第三个人立即开枪，子弹擦着邦德的头发飞过去了，邦德没再给对方开枪的机会，一枪打穿了他的脑袋。

"快走，哈瑞！"他拉住哈瑞，钻进了岔道口，飞快地跑着，隧道里只听到他们两人快速奔跑的脚步声。这可比那边强多了，至少没有粪臭味。邦德一面拉着哈瑞快跑，一边思考着下一步的行动。他不能确定刚才那几声枪响有没有被其他人听见，也很难预测前面会不会有更危险的情况等着他们。眼前，他唯一能做的就是遇到阻挡者就马上开枪，还有一定要设法弄到那部装甲车。

由于隧道的光线太暗，哈瑞不小心绊倒了。邦德连忙把她扶起来，关切地问："摔伤了吗，哈瑞？"

"没事……我只是觉得太累了，两只脚都被划破了。这儿有道暗门，上面就是那部装甲车停的屋子。我们现在就进去吗？"

"这样最好不过了，哈瑞。只有靠那部装甲车，我们才有可能逃出去。你一定要坚持住，我们很快就能找到机会。"邦德搂着哈瑞的细腰，扶着她慢慢往前走。他没时间仔细察看她脚上的伤，但看她走路的样子，一定伤得不轻。哈瑞每走一步，身子都不由自主地歪向一边，脸上的表情痛苦万分。

他们终于挪到了那扇小门的位置。邦德手里握着枪，轻手轻脚地把门推开一道缝，观察着里面的情况。还好，里面没有人。那部伪装成龙的装甲车就停在那里，车门敞开着。邦德暗自祈祷着：上帝啊！但愿油箱里有油，发动机也没出什么毛病。

忽然传来一阵急促的脚步声，紧接着是几个人说话的声音。听声音正在朝邦德他们走过来。邦德赶忙拉起哈瑞朝前跑去——他们现在唯一能做的就是赶紧藏进那部装甲车里。他一把将哈瑞推进车里，随后自己也跟着钻进去，把车门轻轻地带上。这时，外面传来的说话声已经听得非常清楚了。

"你为什么这么肯定那就是枪声？"

"绝对不可能是别的响声。"

"不管怎么说，还是小心为好。"

"走，过去看看吧。"

外面杂乱的脚步声渐渐远去了。邦德拉住哈瑞的手，在唇边竖起一根手指，示意她不要弄出声响。随后他小心翼翼地推开车门，仔细听着外面的动静。什么声音也没有。他探出头观望四周的情况，没有看到半个人影，只看到左边的墙上挂着一排枪。他快速取下上面的一支卡宾枪和一支手枪，检查了一下弹匣，里面装着满满的子弹。他把枪交给哈瑞，跑到通往隧道的那扇门前，插紧门闩。随后又迅速跑回装甲车里，看了一眼油表，这回运气不错，油箱是满的。上帝保佑！成败在此一举。邦德发动了装甲车，"轰隆隆——轰隆隆"，就像打雷似的。车身紧跟着一震，车子开动了。

"后面有没有人追过来？"邦德紧张地大声问道。

"没有！——噢，等等，那边跑出来一个，又出来一个。正朝我们这边开枪呢。那帮人都过来了，有个家伙手里拿着步枪，他趴下了，正朝我们这边瞄准呢！"

"快关上瞭望窗，趴下！"邦德随即加大了油门。只听得一声怒吼，装甲车一下子冲了出去。

"再看看，哈瑞，小心点！把瞭望窗开道小缝看看！"

"他们已经不射击了，只站在原地望着我们。看，那是什么？——狗，狗跑过来了，正追在我们后面呢。会追上来吗？"

"就算追上来也没什么好担心的。快过来，亲爱的，坐在我这边，抓紧！把脑袋贴到地上！"哈瑞照他说的做了，邦德对她露齿一笑："做得好，亲爱的。等我们开到了湖里，我就停下来对付那些狗。这些畜生，只要我打中其中的一只，整个狗群就会把这个不幸的家伙当作午餐的。"他让哈瑞搂住自己的脖子，尽管道路颠簸起伏，哈瑞也一直保持着这个姿势。

装甲车开进了湖里，邦德在五十码外的地方把车子停了下来，顺手拿起那支卡宾枪，上好膛。通过长方形的瞭望口，可以看到那群尾随而至的野兽，此刻它们已经追到了湖里。邦德用枪瞄准了追在车后边的这群恶狗，扣动了扳机。"砰砰"，一只狗倒在水里挣扎着，扑腾着四肢，紧接着又是一只。"咔嗒嗒"的枪声夹杂着凄厉的狗叫声，湖水立即被染成了红色。

恶斗的场面开始了。邦德看到一只狗跳出狗群，扑向一只受伤的狗，将锋利的牙齿插入对方的脖子。它们现在就像疯了似的，在泛着血色的水里扭打成一团。邦德打光了所有的子弹，把枪丢到一边。

"这下没事了，亲爱的。"他用温柔的语气对哈瑞说道，随后再次开动了装甲车，以最快的速度朝他们上岸时经过的长着红树林的河口驶去。

车子一直向前开着，两人大约沉默了五分钟，随后邦德抚摸着哈瑞的膝头，说道："现在，我们总算逃出来了。过不了多久，他们就会发现他们老大的尸体。树倒猢狲散，这群乌合之众只会忙着逃命，哪里会来追我们？等天一黑，我们就搭船回到牙买加去。今天的天气好像挺不错，没准晚上可以观赏月亮呢。怎么样，能坚持到那个时候吗？"

哈瑞环着邦德的脖颈，柔声说道："我当然可以，倒是你自己，瞧你身上这些伤，竟没有一块好的地方。噢，詹姆斯，你胸口上这一圈红点是怎么回事？"

"过一会儿我再告诉你。别担心，很快我就没事了。现在你来告诉我昨晚到底发生了什么事——你是怎样从那些该死的黑蟹嘴里逃出来的？我整夜都为你担心。我一想到有成千上万的黑蟹正在啃噬你的身体，我的心里就直发毛。感谢上帝，你竟然能逃出来！"

一听到他的这番话，哈瑞竟然大笑起来。坐在一旁的邦德惊奇地看着眼前的这个女孩：金黄的头发乱蓬蓬地散在脑后，深陷的蓝眼睛表明她严重缺乏睡眠，此外，在那顿午夜烧烤之后，她就再也没有吃过任何东西。

"那个浑蛋以为自己什么都懂，其实是个老傻瓜，"哈瑞的语气就像在谈论一名愚蠢的中学教师，"他自以为比我更了解黑蟹，却怎么也不可能想到，我从小就伴着这些小东西长大。只要你不乱动，黑蟹根本不会咬你，它们从来不会主动伤人。这个老傻瓜，以为我肯定会被这些黑蟹咬死。可实际上我心里一直在为你担心。我以为他们一定会用更为残忍的手段对付你，所以才被吓昏过去。"

"原来是这样啊。"

"当然了，被人脱光了衣服绑在四根木柱上的滋味可不好受，不过他们并不敢对我做其他的事，只是开了些玩笑。到了晚上，黑蟹倾巢而出——至少有几百只，它们在我身上爬来爬去，弄得我很痒痒。我躺在那里一动不动，唯一麻烦的是我的头发，总是被那些小家伙勾到。它们爬了整整一个晚上，直到天快亮的时候，它们才陆陆续续地爬回洞里去睡觉。它们实在太可爱了！我趁天还没亮，弄松了固定着右手的木栓，很快也把别的木栓搞定了。"

"我跑了回去，钻进了工厂附近的那间停着装甲车的房子，在那里发现了这身肮脏的工作服。我注意到离那里不远的一条传送带正在工作，我猜可能是用来把那些鸟粪运到山崖那边的。"

"我想你也许已经被他们杀了，"哈瑞的话并非没有事实根据，"所以我打算顺着这条传送带穿过那座山崖，把诺博士找出来，宰了那家伙，于是我随身带了把螺丝刀，"说到这里，她忍不住哈哈大笑起来，"当我们撞到一块儿时，我竟然用它来对付你！要知道此前我一直把它装在口袋里。在返回那间房子的时候，我发现了这道小门，所以就钻入了那条主隧道。"

"事情就是这样的。"说到这里，她轻柔地抚摸着邦德的脖子，"亲爱的，刚才咬的那一口，现在不要紧吧？这是保姆教我对付男人时用的。"

邦德甜蜜地一笑："是吗？她是这样教的吗？"说着，把哈瑞搂进怀里。哈瑞幸福地仰起脸庞，两人紧紧地拥吻在一起。

突然车子一歪，跑到一边去了。他们只好分开，邦德重新握紧了方向盘。远远地，他们望见了长在河口边上的红树林。

第二十章
真 实 谎 言

"真的？这一切是真的吗？"听完邦德的汇报，总督愤怒的眼神中显露出怀疑的神色，似乎想要得到确定的信息。毕竟，如此惊险的事件就发生在他鼻子底下——牙买加属地！他实在无法相信。殖民政府会怎么看待这件事？政府一定会因此事震惊的！

"没错，先生，这一切都是真的。"实际上，邦德根本无心留意对方的反应。他对这位官员的第一印象很差，他十分厌恶对方身上的官僚派头。不过邦德此刻的心思并未放在眼前的事务上，他现在最为关心的是哈瑞的将来。

"不过一定要注意，这件事千万不能让多嘴多舌的新闻界知道，希望你能够理解这点。我将很快草拟一份详细的事件报告，呈报首相。"

"请原谅，"负责加勒比海域防务的指挥官忽然插话道，"我相信，邦德先生只负责向其上司汇报事件发生的情况，而不会对外界媒体透露一个字。至于那座蟹岛，我们应该马上采取行动而不必坐等伦敦方面的同意，我们要用武力扫清这个岛屿上的恐怖分子。"

"我同意指挥官的意见。"警察局长附和着说。

随后，他们便就行动一事讨论具体的方案。邦德对这一主题丝毫没兴趣，在他看来，只有"愚蠢"一词可以形容他们现在的这些举动。他们现在所做的和那个诺博士所策划的阴谋有什么分别呢！邦德默默地坐在那里，回忆着这几天的经历。他想到了诺博士，想到了这个恶魔种种疯狂的举动。他死有余辜，但克莱尔呢？他是多么好的伙伴，却永远地留在了那个神秘的岛屿上。最后，邦德所有的思绪都集中到了哈瑞身上。她现在还好吗？身体已经恢复了吗？他转过头，对身旁的史密斯说："史密斯先生，我很快就要动身回伦敦了。走之前，我想拜托你一件事情，请你务必帮这个忙。"

"很愿意为您效劳。那么，是什么事呢？"史密斯好奇地问。

"请你为那个哈瑞姑娘在动物园找份工作。我可以肯定，在动物这方面，那位姑娘的学识远远超过书本上的东西。但在此之前，我打算带她先到纽约去做个手术。等她回来后，可能还需要几个星期的疗养，所以我想……你和你的妻子……能不能——你知道的，女孩子一般都需要些照顾。"

"请尽管放心，"史密斯微笑着说，"我会尽力去做这一切的。我的妻子很擅长做这类事情，她也希望能有一个乖巧的女孩陪伴在身边。那么，还有别的什么事吗？"

"非常感谢你能向我提供那么多的帮助，特别是在这件事情上。此外，请你代我通知一下旅馆，就说我今天晚上不回去了。"

"好的，一定照办。"

傍晚时分，邦德开着跑车离开了政府大楼，朝着摩根港方向驶去。路上他猜想 M 看到他做的报告时将会出现什么样的表情，实际上他十分清楚结果，对此他感到有些抱歉，但他此刻有更重要的事情要做。

七点整，他准时出现在哈瑞的面前。哈瑞就像一只欢快的小鸟，一路飞奔过来欢迎情人。看得出，为迎接邦德，哈瑞在打扮上下了一番功夫：上身穿了紧身的粉红色短袖衫，下面穿了一条有着黑白条纹的纯棉短裙。这一身穿着尽显哈瑞完美的身材，性感妖娆。她那头金色的秀发披散在脑后，散发着一股淡淡的香水味。她张开双臂，一下子扑入邦德的怀里。随后，两人一道走在草坪上，穿过高大的甘蔗林，一路呢喃细语，来到哈瑞的小屋。哈瑞抢先一步走到邦德的前面，为他开门。

"别见怪，亲爱的。"哈瑞说道。光线暗淡的小屋内，收拾得十分齐整。邦德饶有兴味地四下打量。

"哈瑞，你这间屋子比我想象的好多了，"邦德打趣道，"我原以为会走进一家小型动物园呢。"

哈瑞甜甜地笑了："我可是特意打扫过的，不需要的东西都被清理掉了，以前我可从来没这样做过。现在看起来很不错，是不是？"随后她带着邦德参观自己的房间："这边就是我的卧室——从此刻起就属于我们两个人了。怎么样，你喜欢吗？"

邦德温柔地将她搂进怀里，怜惜地吻着她的双唇："哈瑞，没有比你再好的女孩了。你是我见过的最了不起、最可爱的女孩。我希望你永远都能如此。"

"别再说那些腻人的话了。今晚你就是属于我的。除了爱，我什么都不要听，你明白了吗？来，你坐到这儿来。"

邦德顺从地坐到桌子旁边，微笑着说："我明白。"

"瞧，我做了这么多菜，你尝尝，味道怎么样？"哈瑞坐到了邦德的对面，深情地望着自己的情人，"现在，你告诉我，爱到底是怎么一回事？把你知道的都告诉我吧，越详细越好。"

邦德望着她的眼睛。她看上去是那么坦然，没有丝毫的矫饰，也没有故作的羞涩，两片鲜红的樱唇微微地张开着，十分俏丽动人。邦德一阵心旌摇荡。

"你是处女吗？"他轻声地问。

"不完全是，你知道那个家伙……"

"嗯……"邦德早已对桌上的食物失去了兴趣，舌头也变得不那么灵活了。他动情地说："哈瑞，我们要么吃饭，要么现在就……你知道，我们无法同时做两件事。"

"明天你就要回金斯敦了，那里也有很多好吃的东西，那么现在还是来谈谈爱吧。"

邦德心头激情澎湃，双眼迸发出蓝色的火焰。他走到哈瑞面前，俯下身去，单膝跪在地上，温柔地捧起她的一只手，用大拇指轻柔地接触这温润而光洁的手背，随即低下头，轻轻地吻着。他牵引着她的另一只手放到自己的头发上，弯曲的手臂就在他的唇边，哈瑞能够感受到从对方嘴里呼出的炙热的气息，两人都急促地呼吸着。

"你想做什么？"哈瑞柔声问。此刻她的眼睛非常明亮，焕发出异样的光彩，脸上泛起阵阵红霞。她垂下眼帘，目光注视着邦德的双唇，仿佛在渴望着什么。她微微低下头，把他的头慢慢拉向自己这一边。两人紧紧拥抱在一起，深情地吻着。

在这对情人的上方，舞动着荧荧的烛光。一只大飞蛾成功地从一扇窗子里飞进来，绕着树枝形的装饰烛台欢快地飞舞。哈瑞睁开了眼睛，注视着那只蛾子，随后放开了邦德，起身理了理披散在肩头的秀发，默不作声地走到烛台前，一根一根地拔起架子上的蜡烛，把它们统统扔到了窗外。蛾子呼呼扇动着翅膀，飞出了窗户。

哈瑞离开了烛台，然后慢慢脱下短衫把它扔到地上，随即又解下短裙。朦胧的月光下，她姣好的身形隐约可见。她走近邦德，慢慢地替他解开衬衫，轻轻丢到一边。此刻，她能够闻到他身上的味道——一股清新的干草和胡椒味。

"詹姆斯……不要离开我。"哈瑞喃喃道，她牵引着邦德走进了卧室的门，一张整洁的单人床笼罩在朦胧的月光下。床上放着一条睡袋，睡袋的拉链开着。哈瑞钻到里面，仰起头，直视着邦德火辣辣的眼睛："进来吧，这是我今天刚买的，特意买的双人用的。你答应过我，要……"

"但是……"

"说话可得算数。"

图书在版编目（CIP）数据

第七情报员 /（英）弗莱明著；王玥译. — 北京：北京联合出版公司，2016.5（2019.3重印）
（007典藏精选集）
ISBN 978-7-5502-7268-2

Ⅰ. ①第… Ⅱ. ①弗… ②王… Ⅲ. ①长篇小说－英国－现代 Ⅳ. ①I561.45

中国版本图书馆CIP数据核字（2016）第052852号

第七情报员

作　　者：伊恩·弗莱明
出版统筹：新华先锋
责任编辑：夏应鹏
特约编辑：王亚松
封面设计：吴黛君
版式设计：朱明月

北京联合出版公司出版
（北京市西城区德外大街83号楼9层 100088）
三河市嘉科万达彩色印刷有限公司印刷　新华书店经销
字数133千字　620毫米×889毫米　1/16　13印张
2019年3月第2版　2019年3月第2次印刷
ISBN 978-7-5502-7268-2
定价：59.00元